ケンブリッジのキングス・カレッジのチャペル。財政状況が良いらしく、建物も芝生も立派だ。
（P18）

ケンブリッジのトリニティ・カレッジにあるリンゴの木。アイザック・ニュートンが万有引力の法則を発見した、あの「リンゴの木」の子孫だという。(P18)

カレドニアン・スリーパーの新車両。さすがにまだピカピカだった。(P59)

廊下の幅は非常に狭く、人ひとりしか歩けない。すれ違うことができない廊下の特性を活かしたアリバイトリックを作れそうだが、未だ思いついていない。(P60)

クルーズ船から見た海。朝、船が陸地に近づいていくのが見える。(P78)

かなり大きく感じるが、クルーズ船の世界では中の下くらいの大きさらしい。(P78)

運動音痴作家の空手修行。名前入りの空手着が届いた!
まだまったく着慣れていない。(P114)

熱血！　ライトノベル部。作品のための取材で、ドイツの中世犯罪博物館を訪れた。当然すべて自費だ。この情熱は一体どこからくるのか、自分でも分からない。(P206)

フランス南西部の街で、馬車避けの石の間に挟まってみている著者。ふざけている
わけではなく、これも作品の取材だ。熱血ライトノベル部の活動は続く……。(P206)

帆立の詫び状
おっとっと編

新　川　帆　立

幻冬舎文庫

帆立の詫び状　おっとっと編

帆立の詫び状　おっとっと編　目次

まえがき

どうも、小説家の新川帆立《しんかわほたて》です。

本書は、２０２２年10月から２０２４年4月にかけて発表したエッセイを一冊にまとめたものです。先だって、２０２１年7月から２０２２年10月までに書いたエッセイをまとめた『帆立の詫び状　てんやわんや編』という本を出しました。その続編、第二弾を出すことができるなんて、望外の喜びであるとともに、やや驚いています。

小説家の書いたエッセイなんて、はたして面白いのだろうか……と、未だに半信半疑です。しかし、前作『帆立の詫び状　てんやわんや編』は、発売間もなく重版をして、その頃刊行した私の小説よりも売れました。

各社編集者からも「読みました」と連絡をもらい「ひィッ」と心臓が縮みそうになりました。といいますのも、もともとこのエッセイは、原稿をお待たせしている各社編集者に謝りながら、楽しい「原稿外」ライフをお届けするというコンセプトですので……。

エッセイ本が売れたのはもちろん嬉しいのですが、複雑な気持ちになったのは事実です。読者の皆さんに喜んでもらうために、普段は、嘘でぬりかためたエンターテインメント小説を書いているので、嘘を書けないエッセイ本がウケると「えっ、私がいままでついてきた嘘って、一体……」という気持ちにもなるわけです。

とはいえ、前作を出してよかったとしみじみ感じています。多くの読者さんから温かい感想をいただいたことで、私自身がとても救われたからです。正直に書いたことについて「自分もそうです」「共感した」「面白かった」と言っていただけると、もしかして、私はありのままでこの世界に存在していてもいいのかもしれない、と思えるからです。世界への信頼が回復して、より安心して暮らせるようになった気がします。

ということで、懲りもせずに、第二弾『帆立の詫び状　おっとっと編』を出すことになりました。前作では新人作家が直面する色んな「初めてのこと」にてんやわんやする様子をお届けしました。さて今作では、作家生活も2年目、3年目に入り、もう少し落ち着くと思いきや……奔走、迷走のすえにおっとっとと転びそうになっている様子を、恥を忍んでそのまま、お届けしようと思います。読んでいると、やる気に満ちている時期もあれば、やる気を失っている時期もあり、言っていることが二転三転したりと、おおいに迷走している様子が見てとれます。

あらかじめ言い訳しておくと、思いつくままに書き続けていたエッセイですので、話題もあちこちに飛んで、全体としてまとまりがありません。優秀な編集者の知恵を借りながら、無理やり三章に分けました。

第一章は、「満喫！　ヨーロッパ滞在編」です。もともとアメリカに住んでいたのですが、夫の都合でイギリスに引っ越しました。イギリスでの暮らしや、ヨーロッパを旅して見聞きしたことについて書いています。2年目、3年目にもなると、原稿や編集者からの逃亡も板についてきて、かなりのびのびと、遊び回っています。旅行記として読めば、このパートはまだ、ぎりぎり、皆さんにも楽しんでいただけるのではないかと思います。

つづく第二章は、「奔走！　偏愛編」です。あれこれと好きなものについて語っているだけのパートでして、正直言ってここはかなり心配です。前回、バッグについておおいに語り、思いのほか皆さんが「面白かった」と言ってくださったので、「好きなものの話、していいんですか……」と山ごもりしていた世捨て人がおずおずと村に下りてくるがごとく、新たな話をし始めました。つまらなかったら読み飛ばしてください。面白いと思ったところだけ読む、それが読書です

（と言い訳を重ねておきます）。

そして第三章は「迷走！　小説修行編」です。小説の道を究めようとするなかで、考えたこと、気づいたことをまとめたパートです。この部分も、読んではたして面白いのか、相当に心配です。個人的な愚痴や悩みをつらつらと書いているので、多くの人は「知らんがな！」と思うのではないかと。ただ、業界ややっているこことは違っても、同じような悩みを持つことはあります。どこかの誰かにとって、救いになる話かもしれないと思って、後ろのほうにまとめておきました。

さらに今回は「夫によるあとがき」が巻末についています。「なんだそれ！」と思われるかもしれませんが、大丈夫です。「なんだそれ！」と一番思っているのは私です。ここに至っては皆さんからすると、興味のなさが一周して、乾いた笑いがもれるのではないかと思いますが。私のことを一番身近で見ている夫なので、妙な説得力のあるあとがきになりました（夫にはいつも助けられていて、頭が上がりません）。

編集者各位は、あとがきだけを読んで、本編は見て見ぬふりをしていただければと思います。

第一章　満喫！　ヨーロッパ滞在編

イギリスと宝島とSF

これまで米国に住んでいたのだが、実は今月から英国に引っ越した。夫の仕事の関係で、1年ほど滞在する予定だ。

英国というと「ロンドンですか？」とよく尋ねられるのだが、残念ながら、ロンドンから電車で1時間、さらに駅から車で15分ほど行った先の田舎町である。自宅の近辺には果樹園が広がっている。朝外に出ると、寝ぼけたリスが人間の存在に驚き、慌てて逃げていく。冷涼な気候で過ごしやすく、自然が豊かで、なるほどこれは「ピーターラビット」や「くまのプーさん」といったお話が生まれるわけだと納得してしまう。

実は、英国に住むのは小さい頃からの夢だった。私の読書経験は、小学校2年生の「ハリー・ポッター」シリーズから始まる。その後、『ホビットの冒険』をはじめとする「指輪物語」シリーズや「ナルニア国物語」シリーズなど、古典的なファンタジー作品群にどっぷりはまり、「イギリスの本は面白い！」と思って、「シャーロック・ホームズ」シリーズや、アガサ・クリスティの著作に手を伸ばすようになる。幼少期の私は英国への憧れでいっぱいだった。

英国に到着し、町の本屋さんに入ってみると、世界の名作を特装版で販売しているシリーズがあった。『シャーロック・ホームズの冒険』はシャーロキアンとして当然購入したのだが、もう一冊、とても懐かしい本に巡り合った。ロバート・ルイス・スティーヴンソンの"Treasure Island"、邦題『宝島』である。

その表紙を見た瞬間に、ワーッと小学生のときの記憶がよみがえった。何を隠そう（別に隠す必要もないのだが）、『宝島』は人生で初めて手に入れた「私の本」だったからだ。

我が家は図書館のヘビーユーザーで（母は図書館の棚の端から端まで読んでいくような読書家だった）、週末になると図書館へ出かけて、上限いっぱいまで本を借りた。もちろん書店で本を買うこともあるのだが、うちはきょうだいが３人いて、家族全員で読む量を考えると、すべての読書対象を書店で買うのは無理だったのである。書店では、毎年刊行される「ハリー・ポッター」シリーズの予約をしたり、マンガ本を買ったりということはあるのだが、それらはすべて家族と回し読みをする共用のものだった。

だから、私は「自分の本」を所有したことがなかった。

だが、あるとき（記憶があいまいだが、おそらく小学校3年か4年のとき）、父が気まぐれに「1冊好きな本を買ってやるよ」と言い出したのだ。幼心に「えっ、いいの!?」と驚いた。自分専用の本があるなんて、夢みたいである。

それで買ってもらったのが『宝島』だった。どうして『宝島』を選んだのかは定かではない。おそらく、目立つところに平積みされていたからだろう（ありがとう、書店さん……）。

『宝島』に私はドハマりした。何度も繰り返し読んだ。海賊の歌は当然歌えるし、アニメ版の主題歌も歌える。舞台を宇宙へと引きなおしたディズニー映画「トレジャー・プラネット」も見たし、その主題歌も当然歌える。当時なぜか、宝島の地図を自由帳に繰り返し模写していたので、今この瞬間にあの島に降ろされても、財宝が眠る場所へ直行することができる。私は極度の方向音痴で、新宿駅や東京駅、池袋駅などに降ろされると迷いに迷うが、スティーヴンソンの宝島内であれば、迷わない自信がある。

噛みすぎて味がしなくなったガムみたいになるまで『宝島』を味わうと、『宝島』ロスが訪れる。そこで次に手を出したのが、コナン・ドイルの『失われた世界』である。若き新聞記者マローン君が、恋人から「実行力と行動力があり、死に直面しても恐れず、偉業をなし、珍しい経験をした英雄的な男」とでないと結婚したくない、と言われる。それを真に受けたマローン君は、チャレンジャー博士とともにアマゾン奥地に冒険の旅に出かけ、そこで発見した湖に恋人の名前をつけたりしながら奮闘するも――という話だ。私はこの作品が大好きで、冒頭から冒険に出るシーン、冒険中のあれこれも好きなのだが、冒険から帰ったあとのオチが一番好きだ。

『宝島』や『失われた世界』は確かに冒険譚なのだが、一応現実と地続きのところで物語が展開していくので、ファンタジーというよりはＳＦに近いと思う。

そんな読書遍歴があるので、作家になりたいと思ったときも、ファンタジーかSFを書くつもりでいた。だが、小説教室に通っているとき、受講生の中に、ものすごくうまいファンタジーの書き手がいた。その人と話していると、頭のつくりや物事の捉え方が私とは全然違っていて、物語構築の方法も異なっていた。「この人よりうまいファンタジー小説を書ける気がしないな」と思うと同時に、ふとファンタジー世界に没入することができない自分に気がついた。私はいつのまにか大人になっていて、「理屈のない魔法」を信じられなくなっていたのだ。

その頃から、SFへの傾倒が強まっていく。想像力の翼をひろげ、架空世界に読者を連れていく点は共通しているのだが、SFのほうが世界をつらぬくロジックがある。トンデモ科学に基づいていたりするのだが、一応の理屈をつけてくれる安心感があった。

魔法を信じられなくなった大人が、それでも夢を見たいと思ったときにたどりつくのがSFの世界ではないかと思う。

デビューが決まった頃には、「SFを書きたい！」と明確に思うようになった。株式会社ゲンロンが主催するSF創作講座に参加したり、日本SF作家クラブに入ったりしたのもそのためである。

先日、8月末には、第59回SF大会に参加してきた。SFファンが一堂に集う合宿型のイベントである。プロもアマチュアも関係なく、同好の士たちがひざを突き合わせて夜通し語り合う様子に、深い感銘を受けた。

ファンダムに支えられることでジャンルが存続するということを目の当たりにしただけでなく、人と人の関わり方として、好きなものを介して純粋につながって、本当に楽しいなと思った。

例えば、60代と思しき男性2人が足湯につかりながら、1年の近況報告と最近読んだ本、観た映画の話を交わしている。その様子を脇で見ていて、「いいなあ、いいものだなあ」としみじみ感じ入ってしまった。

最近は仕事の量が多く、質的にも頑張っていかなくてはならない正念場である。ストレスはあまりないのだが、プレッシャーはあるし、体力的にきつい場面もある。だが、憧れの地・英国でふと幼少期の記憶に思いを馳せると、その頃の自分の好きなものと地続きの仕事をさせてもらっていることに気づく。その有難さを感じながら、今日も執筆を進めている。

……などと、真面目くさって締めくくっているが、このエッセイを書いた1年後には仕事に対するやる気を失い、伸びきったゴムのようにぼんやりと過ごすことになる。その様子は本書後半で！

ケンブリッジのフォーマル・ディナー

先日、ケンブリッジ大学に通う知人から、クリスマス・フォーマル・ディナーに招いてもらった。

いわずと知れたケンブリッジ大学だが、その始まりは13世紀にさかのぼる。現在は31のカレッジで構成されており、学生総数は約2万人弱で、東大よりやや小さいくらいの規模感だ。

カレッジは学寮などと訳されるが、日本人には馴染みがうすいと思う。ハリー・ポッターでいうところの、「グリフィンドール」や「スリザリン」といった寮だと思ってもらえれば分かりやすいかもしれない。すべての学生はどこか一つのカレッジに属し、カレッジで寝泊まりし、カレッジの食堂で食事できる。カレッジ対抗のボート大会や球技大会も行われている。学部生の入学者選抜はカレッジごとに行われるので、カレッジの人気によっては倍率に差がある。院生の場合、出願時にカレッジの希望を出すことはできるが、希望通りになるとは限らない。

特に、トリニティ・カレッジ（過去のノーベル賞受賞者の人数は34人。卒業生にアイザック・ニュートンがいる）や、キングス・カレッジ（卒業生に数学者のアラン・チューリングや経済学者のケインズがいる）、セイント・ジョンズ・カレッジ（卒業生にチャールズ・ダーウィンの祖父、エラズマス・ダーウィンがいる。チャールズ・ダーウィン自身もケンブリッジ出身だ）などは人気で、倍率が高い。

これらのカレッジは観光地としても有名だが、カレッジ生しか入れないように門番が立っていたり、立入禁止の芝生があったりと、かなりお高くとまっている印象がある（さながらスリザリンといった感じだ）。

一方で、それ以外のほとんどのカレッジであれば、誰でも入れるし食堂で食事をすることも可能である。カレッジによって特色が様々なので、カレッジ巡りをする観光客も多いという。

今回招いてもらったフォーマル・ディナーとは、カレッジの食堂で開催される晩餐会のようなものだ。カレッジごとに週1、2回開催されているという。本当にハリー・ポッターのような世界で驚くのだが、学生たちがガウン（！）を着て、コース料理を食べるというものだ。

クリスマスやハロウィンなどのイベント・シーズンには、クリスマス・フォーマル・ディナー、ハロウィン・フォーマル・ディナーのようにイベントに特化した催しが行われる。イベントによっては外部の者も一定数まで招待可能だ。

今回入れてもらったのはヒューズ・ホールという比較的最近できたカレッジだ。駅近くの立地であることも影響してか、社会人経験のあるビジネススクールの生徒なども多く所属しているという。

受付をすませると、食堂の前にある（謎の）社交スペースで、まずは一杯ドリンクを飲む。立食形式でわいわい話す感じだ。15分くらい談笑していると、正面にローブ姿の教授陣が現れ、ドラを叩いた。ドラ？　と疑問に思うだろうが、丸い金属盤を棒で叩くと、ブオ〜ンと音が出る、あの「ドラ」である。

21世紀になって、ドラを叩いて、ガウン姿の高齢男性が話を始める光景にびっくりしてしまった。ディナーの流れや注意事項が述べられると、食堂への移動が始まった。

今回はクリスマスイベントだったこともあり、席にはプレゼントの小包が置いてあった。

一段高い壇上のテーブルで、教授が立ち上がる。そして再びドラが叩かれた（ここでもドラが活躍するのだ）。

それぞれの手元にワインが注がれたのを確認し、乾杯の挨拶ということになる。

「君たちはケンブリッジ生として世界にdifferenceをもたらさなくてはならない」と、なかなかに意識の高い内容だ。

何はともあれ乾杯し、コース料理が始まる。料理はもちろん美味しいのだが、イギリスらしいクオリティで、比較的、素材の味のままである。デザートだけは耐えがたく甘くて、ほとんどの参加者が残していたように思う。コーヒーがあれば食べられるのだが、このタイミングではコーヒーは頑として出ない。

というのも、食事を終えた後に、先ほど食前の一杯を飲んだ社交の場に戻り、そちらで食後酒やお茶をたしなむというのが、通常の流れらしい。

そのとき、ハッと思い至った。あの謎の社交スペースは、ラウンジ・ジャケットの「ラウンジ」なのだ。

急に話が飛ぶが、男性用スーツの原型は、1860年頃に登場したラウンジ・スーツである。そのラウンジ・スーツの元となったのがラウンジ専用のくつろぎ着、「ラウンジ・ジャケット」だ。

19世紀当時、ジェントルマンの日中の正装はフロック・コート、夜の正装はイブニング・コート（いわゆる燕尾服）だった。ダイニング・ルームで食事をとるときは尾（テイル）がついた細身のイブニング・コートを着る。食後、ラウンジ・ルームに移って食後酒や煙草をたしなみながら談笑するときは、ソファでゆったり過ごすのだが、その際にテイルがついた燕尾服では堅苦しい。そのため、テイルをなくしてゆったりとしたジャケットに着替えて、くつろぐという習慣が生まれた。それがラウンジ・ジャケットである。

このラウンジ・ジャケットは、友人や家族とくつろぐ際のカジュアル・ウェアとしても着られ始める。上着が筒型になるのにあわせて、ズボンもゆとりのある筒型になっていく。当時は上下別素材仕立てだったが、のちに上下同素材で仕立てた「ラウンジ・スーツ」が登場する。これが現在のビジネス・スーツの原型である。といっても、当時はカジュアル・ウェアの扱いなので、会社や教会に着ていくのはもってのほかだった（このあたりの話は、中野香織『スーツの文化史』に詳しい）。

話がそれにそれたが、食事をとるダイニング・ルームと、食後にくつろぐラウンジ・ルームという区別は、スーツの由来にも関わるジェントルマン文化に根ざしている。その文化が未だに残存していることに驚きを隠せなかった。

そういえば、ケンブリッジ大学の中でももともと女性のための全寮制カレッジであるガートン・カレッジにはラウンジ・ルームに相当するスペースがない。おそらく、ラウンジでくつろぐのは上流階級男性の習慣なので、女性用カレッジではそのような設備は不要と思われたのだろう。

ガートン・カレッジは、1869年に設立された。当時、女性教育に対する偏見が厳しく、ケンブリッジ大学は長いあいだ、女性を学生として正式に認知しなかった。だが、長きにわたる学位取得権獲得運動を経て、1948年、正式にケンブリッジ大学に所属するカレッジとなった。

ほとんどのカレッジの肖像画には白人高齢男性が掲げられているが、ガートン・カレッジ内の肖像画には、理知的な顔をした女性たちがずらりと並ぶ。今も昔も、勉学に励む女性がいたのだなと思うと、嬉しくなる。

ちなみに、ガートン・カレッジにはハーマイオニーという名前のミイラが保存されているという。もしや、「ハリー・ポッター」シリーズに登場する才女、ハーマイオニーの由来は……と想像せざるをえなかった。

帰国した今だから書けるが、イギリス滞在中はケンブリッジ大学ガートン・カレッジの世帯寮に住んでいた。「オーチャード・ロッジ（果樹園小屋）」という名の、ハグリッドの小屋のような建物だ。その名のとおり、リンゴ畑の脇に立っている小屋で、もとは管理人が住んでいたのではないかと推測している。屋根裏部屋に近い構造なので、屋根は三角で斜めになっているし、床も傾いているし、シャワーはよく故障した。建付けの悪い窓から侵入するクモ、ハチと格闘する日々だった。リスは大量にいるし、ウサギもよくいる。モグラやシカもいる。野生のキツネを見たときは驚いた。不便な場所で、滞在当時はなかなかつらかったが、イギリス文学によく登場する動物たちに囲まれて過ごしたのは、今思えばいい思い出である。

初めてのオペラ（前編）

先日パリに行ってきた。ロンドンからだとユーロスターで2時間ちょっと。ユーロスター内はＷｉ－Ｆｉも完備されている。原稿を書きながら移動しているとあっという間にパリ北駅についた。

ホテルに荷物をおき、近くのカフェでオムレツを食べて仰天した。美味しいのである。マッシュルームとベーコンの入ったごくオーソドックスなオムレツだが、チーズが何種類か入っているようで、コクと深みのある味がした。

イギリスに引っ越してから2カ月以上が経つ。知らず知らずのうちに、イギリスの料理に慣れていた。イギリスのレストランで出てくる料理は良くも悪くもナチュラルなものが多く、卓上の塩コショウ、ケチャップで自ら味をつけて食べる。そのスタイルに慣れきっていたので、パリで何気なく食べたオムレツにきちんと下味がついているだけで感激してしまった。

だが今回の旅で一番印象的だったのは、パリの美食ではなくオペラである。きっかけはミーハーなもので、「オペラ座でオペラを観てみたい」というだけだった。夫も私も、完全なオペラ初心者である。音楽経験がないので歌唱にもオーケストラにも詳しくない。たまにミュージカルを観るくらいで演劇系の素養もない。強いていえば、私は小説家なので、脚本やストーリー展開に関しては普通の人より関心があるくらいだ(しかし決して詳しいわけではない)。そんなド初心者がいきなりオペラを観に行って大丈夫なものかと怯えていたが、物は試し、やってみないことには始まらない。思い切ってチケットを取った。

パリの中心にあり観光名所にもなっているオペラ・ガルニエは演目が限られていたので、少し離れたところにあるオペラ・バスティーユで、『サロメ』の席を取った。

『サロメ』はドイツ語のオペラである。準備なしに出向くと内容が全然分からないかもしれない。そのため一応、前日にあらすじを予習しておいた。

初演は1905年の演目である。新約聖書をベースとしたオスカー・ワイルドの戯曲『サロメ』が原作である。

舞台は西暦30年頃のエルサレム。主人公サロメは16歳の王女である。実母はヘロディアス王妃であり、義父はヘロデ王だ。ヘロデはサロメの実父（ヘロデの兄）を殺し、王に即位するとともに、ヘロディアスを妻にしていた。

ある満月の夜、サロメは宴会を抜け出し、テラスに出てきた。すると地下から不気味な声が聞こえてくる。ヘロデ王によって井戸に幽閉されたヨハナーンの声である。興味を持ったサロメは、衛兵隊長ナラボートを誘惑し、井戸の蓋を開けさせる。

サロメは、井戸から出てきたヨハナーンを誘惑した。だが、ヨハナーンはサロメの誘いを無下にする。それどころか、サロメの母ヘロディアスの近親婚の罪をとがめる始末だ。サロメは口づけを求めたが、ヨハナーンは「呪われよ」と言い捨てて井戸に戻っていった。

サロメを追ってヘロデ王がテラスにやってくる。ヘロデ王はサロメに踊るよう命じる。サロメは踊ることを渋っていたが、「踊りを見せれば望みを叶えてやる」と言われて、「七つのヴェールの踊り」を披露した。

満足したヘロデ王が望みを尋ねると、サロメは「ヨハナーンの首がほしい」と言う。ヘロデ王は聖者を殺すことを恐れ、やめさせようと説得を試みるが、サロメの望みは変わらない。最終的に、ヨハナーンの首が銀の皿の上に載せられて、サロメのもとに届けられる。サロメはヨハナーンの首を持ち上げ、口づけをする。その様子を見ていたヘロデは、サロメを殺すよう兵士に命じるのだった。

あらすじを読み、物語の流れは理解した。だが正直なところ、ストーリーとして面白いのかと訊かれると、よく分からなかった。

最大の疑問は、主人公サロメのキャラクターがつかめないことだ。ひたすら男性を誘惑する色狂いの女という印象だ。リアリティをもって受け止めることができない。男性向けに、男性が見たい場面を詰め込んだ演目なのでは、という気もした。

というのも、初演当時から、『サロメ』はそのスキャンダラスな内容が問題視され、何度も上演禁止になっている。特に、サロメが「七つのヴェールの踊り」を踊る場面は有名で、サロメ役のソプラノ歌手が裸になるという過激な演出もあるという。

　そういった演出を素直に面白がる観客もいるだろう。だが私個人としては、別に裸にならなくても……と思っていた。サロメ役のソプラノ歌手の方は、キャリアのために脱がなきゃいけないとすると、気の毒である。

　このような内容を現代においてそのまま上演するのも、過去のレガシーを保存するという意味はあるだろう。けれども芸術、あるいはエンターテインメントとして観客に提示するものとしては、どうなのだろう。ストーリーは添え物で、音楽を楽しむ演目なのかもしれない。そんなことを考えながら、一抹の不安とともに劇場に向かった。

　平日の夜だったが、劇場は満員だ。スーツやドレスで盛装している人もいるが、案外ジーンズとセーターのような普段着の人もいる。仕事帰りにやってきた感じの人が大半である。

　定刻通り、幕が開けた。一見して、「あれ？」と思った。

西暦30年頃を舞台にしたお話だから、古めかしい舞台と衣装が現れると予想していた。しかし眼前には、打ちっぱなしのコンクリートのような舞台と、防護服を着た男たちがいる。

舞台の奥では、何やら怪しい宴会が行われている。宴会場からは、人間の死体と思しきものが次々と運ばれてくる。防護服を着た男たちはその死体を黙々と処理していた。

そして、主役サロメの登場である。サロメはなんと、ロングTシャツを着て、黒いブーツをはいていた。貧困地域のティーンエイジャーのような服装である。

一体何が起きるんだろう、と疑問だらけのスタートだった。長くなったので、次回に続きます。

あとから知ったことだが、パリのオペラ座は革新的な演出を好みがちで、このときの『サロメ』はかなり斬新な内容だったそうだ。初日公演だったので、観客のほうもざわめきながら舞台を見つめていた。

初めてのオペラ（後編）

パリで初めてのオペラ、予習していったにもかかわらず、事態が呑み込めないまま幕が開けた。

ドイツ語の演目だが、舞台の上に字幕装置があり、かなり平易な英訳が表示されるので、内容は理解できる。セリフ自体は、ヘトヴィヒ・ラッハマンによる初演時の台本とあまり変わらないように見えた。

だが、舞台上で起きている出来事は大きく異なる。

舞台奥の宴会場では、貴族（と思しき衣装の人）たちが乱交パーティをしていた。貴族同士で交わるのではなく、奴隷（と思しき衣装の人）を連れてきて、かわるがわる暴行を加えている。暴行は奴隷が死亡するまで続けられた。防護服の男が死体を回収すると、また新たな奴隷が運ばれてくる。

主人公サロメは、その宴会をつまらなそうに見ている。ついには宴会場を抜け出し、テラスに出てきた。井戸の中の聖人ヨハナーンに興味を持つ。衛兵隊長ナラボートを誘惑し、井戸の蓋を開けさせる。

サロメはヨハナーンの美しさに惹かれたようだ。ヨハナーンの身体のパーツを一つずつ褒め、口づけをさせろと要求する。あまりに即物的で、相手の身体を「モノ」として扱う態度に観客は面食らうだろう。

ただ、サロメは16歳ながらに、奴隷への暴行を日常的に目にしている。相手の身体を「モノ」として扱う姿勢を学習してしまっているのだろう。

ヨハナーンにすげなく断られ、一人残されたサロメは自慰行為に励み、その後、むせび泣く。他人に対する支配欲と性欲がごちゃまぜになり（というかそのような愛情形式しか知らず）、欲求が満たされないがゆえに、癇癪《かんしゃく》を起こしているように見えた。

そして、ヘロデ王がテラスにやってきた。サロメに「踊りを見せろ」と要求する。当初渋っていたサロメは「踊りを見せたら望みを叶えてやる」と言われ、踊りを見せることを承諾する。

舞台の目玉、「七つのヴェールの踊り」が披露される……と思いきや、サロメは踊らず、舞台に寝転がるだけだ。その正面にヘロデ王が立ち、周りを男たちが取り囲む。観客からすべては見えないが、レイプが始まったことが伝わってくる。男たちが去った後、サロメの脚に赤い液体が流れている。処女喪失の表象だ。

セリフは一切ない。しかし舞台の背景に「涙を流す少女」の映像が投射されていた。

最終的にサロメはヨハナーンの首を得て、口づけをする。その様子を見たヘロデ王はサロメを殺すよう兵士に命じた。サロメは銃で撃たれて死亡する。だが、それと同時に、一人の女性兵士が何者かにとりつかれたようになり、乱交パーティに参加していた人々とヘロデ王を銃殺した。それで閉幕である。

セリフはほとんど変わっていない。おそらく曲の関係で、セリフ（歌詞）を大きく変えることは困難なのだろう。

それなのに、舞台上の動きと演出だけでかなり違う話になっている。全体を通して見ると、コロナ禍における少女へのＤＶを投射した作品になっていた。

16歳の少女は母と義父と暮らしている。少女は日常的に「身体をモノとして扱う態度」に触れている。そのため、他者に対しても同様の振る舞いしかできず、他者から拒絶される。他者とのつながり（あくまでモノ的だが）を許可してもらうために、義父からの暴行を受け入れる（といっても、当然ながらそれもレイプだ）。少女は悲劇的に死亡するが、暴行を加えた義父の側にも制裁が下る。

ストーリー変更の意図はよく分かった。

まず、主人公サロメのキャラクターや行動原理が明確になっている。どうしてそのような性格形成がなされたのかも、生育環境から理解できる。やはり現代の観客からすると、初演当時のままのストーリーでは疑問が多い。演出により現代の補助線が引かれ、主人公に感情移入できるよう巧妙につくり替えられていた。

さらに、（旧約聖書がベースとなっているから当然だが）原作では聖人の処遇に焦点が当たっている。しかし今回の演目では、聖人の処遇云々は背景に退き、閉鎖空間でのＤＶという現代的課題にテーマがすげ替えられている。兵士たちが防護服を着ていることから、コロナ禍を念頭に置いていることは明らかだ。コロナ禍によるロックダウンや外出自粛によって、ＤＶ被害が増加したことは記憶に新しい。

そして、観客たちは主人公に感情移入し、悲劇に胸を痛めた帰結として、加害者への制裁を望む。加害者が加害しっぱなしのまま終演すると後味が悪い。そのような配慮から、ヘロデ王が殺される結末になっているのだろう。

セリフ（歌詞）や楽曲を大きく変えられないという制約の中で、これほどまでのストーリー変更をなしとげた演出の妙に驚いた。楽曲の美しさはそのままに、現代の観客が楽しめるエンターテインメント性がきちんと付与されていた。

音楽に詳しくないので、音楽面の変更や工夫を充分に味わうことはできていない。だが、ストーリー面だけでも、ものすごい完成度だった。

ここで書きつくせないほど、物語として面白いポイントは様々ある。さらに神学的、法学的な観点でも興味深い点が多々あった。

西洋のハイカルチャーに圧倒されるとともに、ひるがえって、自分は普段、なんて軽い小説を書いているのだろうと恥ずかしくなった。だが小説の場合、自分一人でやっていることなので限界がある。

今回の演目はそもそも、ベースとなっている旧約聖書の内容がドラマティックである。それをオスカー・ワイルドが戯曲化し、さらに現代の監督・演出家がアップデートを加えている。過去からの蓄積が三層構造になっているわけだ。

現代だけを切り取ってみても、総合監督がいて、脚本家がいて、舞台美術がいて、指揮者がいて、オーケストラがいて、オペラ歌手たちもいる。プロの力を結集してつくられている。

小説家一人で立ち向かっても敵うわけがない。

打ちのめされて放心したまま、劇場の前にあるカフェに入り、夜食をとった。周囲の席には、同じく劇場帰りの人々がグラス片手に感想を言い合っている。その活気を見ていると、オペラは大人の娯楽だなあとしみじみ思った。再び打ちのめされると分かっているが、ヨーロッパにいるうちに、またオペラを観に行きたいと思った。

本来なら音楽や歌を味わうのが王道だろうが、私は音楽について無知なので、演出や脚本に力点をおいた楽しみ方になっていると思う。音大出身の方によると、「オペラが好きなら能も好きだと思う」とのこと。最近は能も気になっている。

超高速！　英国式回転寿司

先日、大手回転寿司チェーン「スシロー」の店舗内で湯飲みをなめ回したり、回転している寿司に唾をつけたりする動画がネット上で拡散され、炎上する事件があった。ＳＮＳで見る限りでは、迷惑行為を行った者のモラルの低さを糾弾する声、同様に不衛生な行為を見たことがあるという声、スシロー側の体制不備を指摘する声など様々な意見が行き交っている。

いずれにしても、海外から見ていて思うのは、「日本人、回転寿司を好きすぎじゃないか？」ということだ。迷惑行為を行った当人が悪いのはもちろんだが、善悪の判断に加えて、「私たちの聖域（＝安心安全安価で美味しい回転寿司）が失われた！」ことに対する怒りや動揺が透けて見える気がする。

何を隠そう、私もこの件で動揺した一人だからだ。編集者さんなどから「好きな食べ物はなんですか？」と訊かれると「肉と魚です」と答えているのだが、もっと本音をいうと、「焼肉と寿司」である。そりゃ、だいたいの人が好きですよね、焼肉と寿司……。

焼肉と寿司は、小さい頃から「二大ご馳走」として私の中に君臨していた。私が子供の頃は、地元に安い焼肉屋さんがなかったので、精肉店でちょっといい肉（もちろん地元の宮崎牛だ）を買ってきて家のホットプレートで焼いて食べた。

そして寿司といえば、実家から車で5分のところにある回転寿司屋に行くのが恒例となっていた。我が家では回転寿司屋に行くことを「クルクルに行く」と呼んでいた。全国的な呼び方だと思っていたのだが、大学進学後に友人に言って通じなかったので、我が家だけの符丁だったのだろう。

週末夜の回転寿司屋はたいてい混雑している。入り口近くの待ち合い席でぎゅうぎゅうに座りながら順番を待つ。私は大抵、当時愛読していた『HUNTER×HUNTER』のマンガ本を持参して待ち時間に読んでいたので、今でも寿司屋に行くと『HUNTER×HUNTER』を思い出すというパブロフの犬っぷりだ。

私にとって寿司といえば回る寿司、クルクルである。20歳を越えてから、法律事務所のサマーインターン中に寿司屋に連れていってもらったのが、初めての「回らない寿司屋」体験だった。高級寿司のあまりの美味しさにびっくりした。寿司が2貫ずつではなく、1貫だけドーンと出てくる。醤油をつけなくても、柚子や岩塩で味がついている。職人さんが寿司下駄にポンとおく寿司を1秒、2秒のうちにポッと食べる。めちゃくちゃいいじゃん、これ！　と大興奮した。

私は宮崎出身で生粋の田舎者だが、江戸っ子のちゃきちゃきした性根には少なからず共感するところがある。パッと出してポッと食べてサッと帰る。その感じがすごくしっくりくる。感動のあまり、寿司職人になりたいと思い、寿司アカデミーという寿司職人養成スクールに見学に行ったこともある。入学金や授業料、包丁などの道具をそろえていくとかなりのお金がかかることから、躊躇《ちゅうちょ》して、そのままになっている。

そんな私が、今回の一連の騒動を海の向こうから見ていて、一番思ったのは「寿司を食べたい！」ということだ。

来る日も来る日も、SNSにスシローの話題があがる。アップされる寿司の写真を見ながら、日本のみんなはいいよな、せいぜい30分か1時間くらい移動すれば、世界最高峰の寿司を食べられるんだから……と歯ぎしりしている。

寿司欲が高まりに高まって、ついにイギリスの回転寿司チェーン店「YO! Sushi」に行くことにした。「YO! Sushi」はイギリスに本社を持ち世界展開もしている日本国外最大級の日本食チェーンだ。ロンドンはもちろん、イギリス各地に店がある。

ネットで検索してみると、日本人からの評判は芳しくない。「現地日本人のあいだでまずいことで有名」とか「これは寿司ではない」などと書き込まれている。不安を覚えながらも、そんなにまずいわけないでしょ？　という疑問も抱く。

というのも、去年はアメリカにいて、今年はイギリスで暮らしているが、まずい食べ物に遭遇したことがないからだ。味がついていて栄養があるものは、だいたい美味しいと思うのだが、私の舌が馬鹿なのだろうか……。ただ、海外でお会いする日本人の中には「レストランでは食べられたもんじゃないから、ずっと家で自炊してるよ〜」という方も多いので、感じ方は人それぞれなのだろう。

それはさておき、「YO! Sushi」だ。やけに明るい入り口から入ると、壁に日本語で「楽しい！　おいしい！　安い！」と書かれている。「分かってるじゃないか！」と胸が躍った。まさに、回転寿司の本質は「楽しい、美味しい、安い」である。

メニューを見ると、確かに寿司ではないものが多い。テーブルに設置されたQRコードをスマートフォンで読み取って、ネットで注文し、先にカードで支払う。品切れが多いのか、ネットで実際に注文できるメニューは、紙のメニューの半分程度しかなくて戸惑った。Nigiri（いわゆる寿司）はサーモンしかない。仕方ないから、サーモンの握りと海老カツ、ツナ＆アボカドのタルタル、どら焼きパンケーキなどを頼んだ。

日本の回転寿司と同様、席の横の回転レーンにのって食べ物が運ばれてくる。だが、この回転レーン、明らかに速度が速いのだ。体感だが日本の2倍近くあるように思う。ロンドンの地下鉄のエレベーターもすごく速くて、下りのときなどかなり怖いのだが、それに近い速度感がある。

レーンの脇には電飾があり、普段はオレンジ色に光っている。注文した食べ物が近づいてくると緑色に変わり、席の横に到着すると、一瞬だけレーンが止まり、電飾が赤になる。

このタイミングで素早く手を出して皿を取らなくてはならない。なぜなら、止まっているのはほんの一瞬で、気を抜くと食べ物はすぐに流れていってしまうからだ。

高齢者どころか、若者でも、運動神経のにぶい私のような人間にはハラハラする仕様だ。レーンの電飾が緑色になった瞬間から、緊張して今か今かと待ち構え、レーンが止まった瞬間に手を出す。これを毎回することになる。ちなみに、日本の回転寿司のように注文していない食べ物がくるくる回ることはなく、あくまで注文した食べ物がレーンにのって流れてくるシステムだ。

高速回転レーンの速度に翻弄されながら、「そもそも我々は、どうして寿司を回してるんだろう？」という根源的な疑問にぶちあたる。レーンのすぐ向こうに店員がいて、レーンに食べ物をのせるところも見える。レーン越しに直接ひょいと渡してくれたほうが早いし、お互いにとって楽なのではないか。

そうは思うものの、やはり、食べ物がドンブラコ、ドンブラコと流れてきて、タイミングよくそれをキャッチする感じが楽しいのも否めない。いわば「流しそうめん」的な楽しさだ。

このエッセイを書いていても、寿司を食べたくなってきた。日本の皆さん、私の代わりに、楽しい、美味しい、安い回転寿司を楽しんでください。

帰国してから、さっそく日本食を食べまくった。寿司、天ぷら、蕎麦、うどん。何でも美味《うま》い。日本、特に東京は世界有数の美食都市といって間違いない。食道楽にとってパラダイスだ。海外滞在中、ザ・和食も恋しいのだが、意外と、ハヤシライスやオムライス、煮込みハンバーグのような「日本の洋食屋さん」の料理も食べたくなる。お金を出せば、世界の各都市で美味しいものを食べることができるけれども、そこそこの値段で美味しいものを食べられる環境というのが、人間の生活にとって本当に大事だと痛感した。コンビニとファミレスの偉大さを思い知った英国滞在だった。

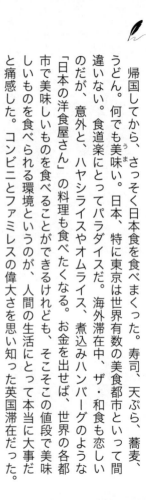

勉強なしで乗り切る英語圏サバイバル

アメリカやイギリスに住んでいると言うと、「英語ができてすごいですね」と言われることがある。だが、これは全くの勘違いで、私は英語ができるわけではない。

大学受験のときに英語は勉強していたので、基本的な単語は知っているし、英文法も分かっている。だけど、そこから「英語が使える」というレベルになるまでは果てしなく遠い道のりが続いている。

法律事務所に就職してからは、英文の契約書を扱ったり、海外のクライアントとメールのやり取りをしたりする機会が増えた。意外とこれは難しくない。契約書やビジネスメールは定型文が多いので、よく使う定型文をまとめておけば対応できる。そのうち、メモを見なくてもスラスラ書けるようになる。私が働いていたときは自動翻訳機能がそこまで発達していなかったが、今はDeepLなどかなり優秀な翻訳ツールがあるので、それを使って下書きをして、細かいニュアンスだけ手入力で修正すればいい。作業効率はかなり上がっていると思う。

法律事務所を退職して日系企業の法務部で働いていたときは、海外支社との電話会議をすることが多かった。これはメールよりハードルが高い。これまでの英語学習では読む力、書く力に注力してきたので、聞くのと話すのは圧倒的に経験が足りていないからだ。

そのなかでも私の場合、話すほうは何とかなる。作家的能力なのかもしれないが、簡単な言葉で意味を伝えるのは得意なほうだからだ。日本語を学びたての外国人に対して平易な日本語で話すのも比較的得意である。これは外国語学習能力というより言語化能力なのだと思う。

ただ聞く力がないと話せない。人と人との会話なので、相手が何を言っているか分からない以上、こちらからも何も言えないのだ。私は耳が悪いのか、致命的にヒアリングが苦手で、いつも困っている。

対面で話していると、言葉以外の情報から相手の言っていることがだいたい分かることがある。けれども電話会議だと言葉オンリーなので本当に苦労した。しかも聞き慣れたアメリカ英語ならいいのだが、イギリス英語、インド英語、タイ英語など、話す人のルーツによって発音やイントネーションに幅があり、慣れていないと全然聞き取れないこともある。

ただ、仕事の英語で唯一救われるのは、話す内容は仕事関連であるということだ。よく理解している内容だと、英語で聞いてもパッと分かる。逆にリーガルの細かい議論は、その分野に馴染みがない人だと英語ネイティブでも理解できないかもしれない。なので、会議の前に会議内容についてきちんと予習しておくことが何より大事だった。

法律事務所や企業で働いているときは、「本当は英語を勉強しなきゃいけないんだけどな」という負債のような思いが頭の片隅に常にこびりついていた。弁護士やビジネスパーソンとしては海外と関わるのは避けることができない。「英語ができる」というのは一つの能力としてカウントされるし、逆に「英語ができない」というのは弱点とされる。

けれども作家になったとき、「もう英語を勉強しなくていいんだ!」と気づいた。ものすごい解放感である。自作が翻訳されることがあるかもしれないし、海外イベントに出ることがあるかもしれない。しかしそういうときはプロの翻訳家、通訳に助けてもらえる。英語ができてもできなくても作家としての評価は何も変わらない。母国語で最高の小説を書けばそれでよし、というわけだ。

ところが、青天の霹靂《へきれき》とでもいうべきか、夫の仕事の都合で海外に行くことになった。英語はもうやらないと決めた矢先に、英語圏での暮らしが始まったわけだ。日常生活を送るうえで、英語ができないと不便なことも多いし、活動範囲も狭まる。

そんななか、私は早々に、英語を諦めることに決めた。海外に滞在するのはせいぜい2年間だと分かっていたので、それだけの我慢である。作家になりたてで、英語を勉強する暇があったら日本語を勉強したいと思ったのだ。

日本語の勉強法についても一家言あるのだが、それはのちのエッセイに譲ることとして、ここでは、「英語を勉強しないと心に強く決めた者が、どうやって英語圏での生活を乗り切っているか」を紹介したいと思う。

第一に、何よりも大事な心構えがある。言葉が分からなくても堂々としていることだ。これは法律事務所時代に帰国子女の先輩から教わった秘技である。

逆の立場に立って考えてほしいのだが、言葉が不自由できょどきょどしている人と、言葉が不自由だが堂々としている人、どちらの好感度が高いだろうか。断然、堂々としている人の好感度が高い。

相手の言葉が分からなかったり、自分の言いたいことを伝えるのにも時間がかかったりすると、申し訳ない気持ちになる。だが弱気になったり、卑屈になったりしてはいけない。自分はどこかの国の王族だというくらいの気持ちで向かっていくべし。この"attitude"が何よりも大事だと思う。

第二に、基本的に使用すべき単語は"Thank you.""Sorry.""Please."だけである。とりあえずこの三つが言えれば何とかなる。あとは暮らしているうちに、現地でよく使われる言い回しは自然と覚えていける。

例えばアメリカでは「これで全部オッケー、終わり」といった意味で"all set"という言葉をよく使う。窓口や会計のときに相手が言うこともあるし、「これで終わり？（もう帰っていい？）」という意味でこちらから"All set?"と訊くこともある。

ところがこの言い回し、イギリスに行くとほとんど聞かない。イギリスでは"Hi."のかわりに"Hiya."と言ったり、"Thank you."のかわりに"Cheers."と言ったりする。これも生活していくうちに覚えていく。

英語といってもどの国、どの地方、どの場面で使うかによって、適切な言い回しは変わってくるので、自分が適応すべき場面に合わせて言い回しを一つずつ覚えていくしかない。

第三に、細かい発音よりも、文章全体のイントネーションが大事だということだ。ネイティブの英語は、結構早口で「ペラペラペラペラッ、ペラッ、ペラペラッ」というテンションで進んでいく。一語ずつ正確に発音するよりも、文章全体の音の高低とリズムを押さえたほうが伝わりやすい。これもネイティブが話しているのを聞いていればなんとなく分かってくるので、真似すればいい。

あと当たり前のことだが、人に話しかけるときはワンクッション、言葉を挟んだほうがいい。お店の人なら、“Hi!”や“Hello.”と挨拶をする。掃除など他の作業をしている人に話しかけて何かを尋ねるときは“Excuse me, sir.”とか“Excuse me, madam.”など。母国語だと当然にやっている気遣いが、外国語になるとできなくて、ぶっきらぼうで失礼な印象を与えてしまうことがある。こちらから丁寧にかつ堂々と接することで、言葉が不自由でも「まともな人」として相応の扱いを受けることができる。

色々と紹介してきたが、外国語圏で暮らして一番実感したのは、何か好きなことと紐づくと語学は途端に上達するということだ。外国人の恋人ができると外国語がうまくなるというアレである。

私の場合は何を隠そう、バッグへの愛が英語力を高めてくれた。バッグ屋さんに入り、店員とやり取りをするときだけ、私の英語力は途端に向上し、急にペラペラしゃべり始める。愛は言葉の壁を越えるのである。

連載していた幻冬舎プラスで、「語学学習特集」があるというので、その特集に合わせてこのエッセイを書いた。といっても、語学学習せずに外国生活を乗り切るコツを紹介しているだけなので、語学学習特集にふさわしいのだろうか……。いずれにしても、外国で暮らすにあたって語学はもちろん大事だが、根本的なコミュニケーション能力とメンタルの強さがより大事だと思う。

アンティークジュエリーの世界

幼い頃、シャーロック・ホームズの世界にはまり、ロンドンの古地図と現在の地図を照合して、ひとりホームズ研究に励んでいたことがある。そのときから引っかかっていたのが、作中に登場する貴婦人たちが身につける貴金属である。ネタバレになるといけないので具体的な作品名は控えるが、作中、宝石や貴金属がキーになる話はたびたび出てくる。19世紀前後、ヴィクトリア朝期のジュエリーというのは、一体どういうものなのだろう。

地方にいた頃は、英国ヴィクトリア朝期の物品に触れられる機会など、まずなかった。東京にきて初めて、実際のアンティークジュエリーに触れる機会に恵まれた。三越でたまに開催している英国展で、19世紀後半、ヴィクトリア朝期につくられたチェーンネックレスを購入したのだ。当時中流階級に普及していた九金素材だが、職人の手作業でつくられていて、新品ではどこのブランドを探しても、ちょっとこんなに手の込んだものは見つからないという一品だ。これが意外と使いやすくて、もう5年以上愛用している。

約140年前につくられたものを、今でも日用品として使えるというのはとても不思議なことだ。せっかく英国に住むようになったのだから、アンティークジュエリーにもっと触れたいと思うようになった。

英国でまず驚かされるのが、デパート1階のジュエリーコーナーにもアンティークジュエリーの店が出ていることだ。新品のジュエリーを買うのと同じ感覚で、日常使いのためのアンティークジュエリーを買うことができる。年代ごとに整理されていないことも多いが、見ているうちに何となく年代は分かってくる。

出回っているもので一番古いのが1714年から1830年代のジョージアン・ジュエリーだ。当時から貴金属の需要は高く、ハイクオリティなものが多くつくられている。とんでもなく細かい彫りの入った指輪や、ターコイズやルビーをちりばめたチェーンネックレス、服の前をとめるのに一般的だったブローチなど、華やかで少しごちゃごちゃしたデザインである。中には少しルネサンスのテイストが漂うものすらある。

一番多く出回っている印象なのが1839年から1900年頃までにつくられたヴィクトリアン・ジュエリーだ。この頃にはアクセサリーの大衆化が進み、中産階級の人々もアクセサリーを身につけられるようになった。そのため残存している個体数が多いのだろう。

もともと、金含有量の低いアクセサリーを製造することは規制されていたのだが、1854年には十五金、十二金、九金の製造が認可制になった。それによって、金の含有量が低く安価なジュエリーを製造することが可能になったという。私が手に入れて普段使いしているものも、この時代の認可業者によってつくられたものだと思われる。

この規制解禁前は、ピンチベックという素材が流行していた。銅と亜鉛、錫《すず》の合金なのだが、一見すると金にしか見えないつくりだ。クリストファー・ピンチベックという人が開発し、金に見えるのに安価だったため、1730年代から1840年頃まで盛んに利用された。もっとも、1854年の金含有量が低い貴金属の解禁により、ピンチベックは廃れていった。

もともとその歴史は知っていたのだが、英国のアンティークジュエリーの店で実際にピンチベックのチェーンネックレスが売られているのを見たときは感動してしまった。「おお、これがあのロストテクノロジー、ピンチベックか！」と。確かに光沢があって金に見える。ピンチベックのチェーンはどこかで一つほしいと思うのだが、ぴったりな長さのものがまだ見つかっていない。

ヴィクトリアン・ジュエリーで面白いのは、やけに感傷的でロマンチックなデザインが多いということだ。今どき高校生でもつけないようなハート型のリングや、恋人とのつながりを意味するノット（結び目）モチーフのペンダント、恋人の名前がでかでかと彫られたリングなどが散見される。富の象徴だった貴金属が大衆まで降りてきたことで、市井の恋人同士で贈りあったのかと思うとほほえましい。

さらに、この時期のジュエリーで特徴的なのは、ジェットやピクエと呼ばれる黒い石を使ったものが多く見られることだ。シックなデザインが多く、店で見かけたときは「可愛い！」と思って買いそうになった。

ところが、値札の横にちょこんと“Mourning Ring”と書かれているではないか。Mourningというのが見慣れない単語なのですぐには意味が分からず、その場で検索すると、なんと「服喪」という意味である。亡くなった人を悼んでつくったリングのようだ。「重すぎる！」と引いてしまって、購入を断念した。

帰ってから調べてみると、Mourning Ringというのはこの時期の一大流行だったようだ。というのも、当時のヴィクトリア女王は最愛の夫アルバート公が死去して以来、喪を表すために特別の装飾品を使用した（亡き夫の肖像がデカデカとついたブレスレットをつけていたりする）。これが一般の人々のあいだでも流行したようだ。

中には、亡くなった側が遺言の中でMourning Ringの受取人を指定し、遺産を使って製作されることもあったようだ（もらった人、嬉しいのだろうか……）。リングの蓋があく構造になっているものもあり、そのような場合、たいてい中に故人の髪の毛が入っている。実際に店頭でその髪の毛を見たときには「ひえー、まじかよ、グロテスクすぎる！」と思った。

だが、これはこれで、逆にコレクター心に火をつけるようで、Mourning Ring

収集家もいるらしい。たしかに、リングの裏側に故人の名前と没年が記載されているので、このリングがその時期につくられたということが確約されている。哀悼の意を表するだけあってつくりもしっかりしていてデザインも素敵なものが多い。

しかし、さすがにちょっと、他人の私が普段使いするには、先人たちの想いが重すぎる。デザインだけでうっかり買わなくてよかったと胸をなでおろしたものだ。

そこまでではなくても、素敵なロケットペンダントだと思って開いてみたら、おじさんがニッコリ微笑む写真が出てきたり、犬が彫られた愛らしいコインネックレスだと思って裏返すと、愛犬の名前がでかでかと彫られていたり、驚きと突っ込みどころが多いのが楽しい。

掘り出しものを探したい気持ち半分、怖いもの見たさ半分で、日々アンティークジュエリーを見て回っている。

当時の人々の思いや生活がぐっと身近に感じられる。百年以上前につくられたものが観賞用の美術品としてではなく、今を生きる人の日常使いの品として残っているのも素敵だ。せっかく英国にいるので、アンティークジュエリーの世界をさらに探索してみようと思っている。

Mourning Ringに、パンジーの花があしらわれているのをよく見かける。デザインとしては可愛らしくて素敵だと思う。ただ、パンジーの花言葉は「私を想って」。私を忘れるなという故人からのメッセージのようで、やや恐ろしくもある。

ミステリー作家のエディンバラ旅行

先日エディンバラに行ってきた。エディンバラといえば、コナン・ドイルの出身地であり、さらにJ・K・ローリングがハリー・ポッターシリーズを執筆した土地でもある。私にとっては聖地同様である。

ロンドンからだと飛行機でエディンバラ空港に向かうのが最短ルートだが、今回はあえて寝台特急カレドニアン・スリーパーに乗った。というのも、アガサ・クリスティの『オリエント急行殺人事件』をはじめとする寝台列車系ミステリーが大好物だからだ。

実は10年ほど前にも一度カレドニアン・スリーパーに乗ったことがある。だが、2019年に新型車両に変わり、内装や設備が新しくなっているという。学生のときは貧乏旅行で一番安い席だったうえに、海外に慣れていなかったこともあり、それほどくつろげなかった。今ならもっと楽しめるはずだと思い、奮発して一等車を予約した。ロンドン・ユーストン駅のラウンジで一休みして、はやる気持ちを抑えながら車両に乗り込んだ。

室内には名物のツイードがふんだんに使用されていて、トイレもあればシャワーもついている。明日の朝食のメニューを選んで札に記入し、外のドアノブにかけておく。そして意気揚々と寝台特急内の探検に出かけた。まずは寝台車の廊下の確認だ。寝台特急で殺人が起こった場合、それぞれの部屋の並びと、廊下での足音や目撃情報が重要な証拠となる。何が起こるわけでもないのに、隣人はどんな人か、廊下を誰が歩いていたかをまじまじと見てしまう。

そして、真打・食堂車に向かった。寝台特急の食堂車といえば、ミステリー好き大興奮の場所である。名探偵と刑事がコーヒーを飲み、怪しげな乗客たちが入れかわり立ちかわり入ってくる。事件が発生したら事情聴取の場となり、名探偵が謎解きを披露する際に乗客を集めるのも食堂車だ。

食堂車は発車前から乗客でにぎわっていた。聞こえてくる英語も色々で、明らかにアメリカ人と思われる発音の人もいれば、コテコテのブリティッシュ・イングリッシュの人もいる。ものすごく英語がうまいドイツ人だなと思われる人もいた。これもミステリー好きにとっては興奮するシチュエーションである。相手の言葉のイントネーションから出身地を推測するのは名探偵あるあるだからだ。

午前0時すぎ、鉄道が発車する頃には、食堂車の乗客たちはスコッチを飲んだり、遅い夕食をとったり、思い思いの時間を過ごしていた。夜なので外の景色は何も見えない。さっさと部屋に戻って寝たほうがいいのだが、早めに部屋に戻る乗客が第一の殺人の被害者となるのはミステリー小説では鉄板の展開だ（いわゆる「死亡フラグが立つ」という状況である）。だから私はミントティーを飲みながら食堂車でじりじりと粘っていた。もっとも、ほとんどミステリーに触れたことがない夫が事情も分からず、かなり眠そうにしていたので、程よいところで部屋に戻って大人しく寝た。

殺されることなく翌日早朝に起床し、エディンバラ駅で降りた。

本来ならフォート・ウィリアムという北の港町まで行き、そこから映画版「ハリー・ポッター」でホグワーツ急行の撮影に使われたウエスト・ハイランド鉄道のジャコバイト号に乗るのが正しい英国文学好きの在り方である。ちなみにジャコバイト号はいまどき珍しい蒸気機関車で、機関室をのぞけば石炭が積んであるのが見えるし、もくもくと煙をあげながら進むためトンネルに入るときは窓を閉めるようアナウンスが流れる。予約しておけば道中にアフタヌーンティーを味わうこともできる。だが残念ながらジャコバイト号は冬のあいだ運行していないし、

10年前に一度乗ったことがあるので、今回は断念することにした。

エディンバラは以前も来たことがあるので、定番の観光スポットは飛ばして、若干ディープなところを回る予定だった。特に楽しみだったのは、メアリ・キングズ・クローズという地下街の探索だ。

エディンバラ旧市街の地下には洞窟のような都市空間が広がっている。16世紀頃、貧富の差が激しく、裕福な者は高台に住み、貧しい者は低地に住んでいた。日当たりが悪く、汚水や汚物のたまる低地では伝染病が流行したという。17世紀のペスト大流行時には、低地の一部を埋め立てて、完全な地下街にしてしまった。ペスト患者とその家族を地下街に収容し、隔離したのだ。実際の地下街に入り当時の生活をのぞくツアーが開催されているので、参加してきた。

古めかしい衣装を着たガイドについて地下に降りていく。暗くて狭いというのが第一印象だった。しかも当時はかなり臭かったらしい。生活環境としては劣悪だが、意外なことに、行政サービスはそれなりに充実していたらしい。部屋の外に白い旗を出しておけば、行政職員が食料を持ってきてくれたのだという。医師の定期的な巡回もあった。

ちなみに、ペストの治療にあたった医師は、足まである長い革製のコートを着て、頑丈な皮のブーツと手袋をはめ、つばの広い帽子と、カラスのくちばしのようにとがったマスクを身につけ、さらに片手に鉄棒を持っているため、一見するとカルト宗教の悪玉のような見た目で、非常に怖い。だが当時の人にとってはそれが「防護服」だったという。ペスト菌を媒介するネズミに嚙まれないようにするために、巡回の医師は厚手の皮で全身を覆う必要があった。さらに空気感染を防止するため、とがったマスクの中には除菌作用のある薬草を詰めていたという。しかし防疫の努力むなしく、多くの医師がペストで亡くなった。

以前であれば「大変な時代だったんだなあ」と思うエピソード群だが、コロナ禍を経験した今、決して他人事とは思えなかった。隔離中の行政からの食糧配達、医療関係者の尽力等々、そのまま引き写したように同じような状況を現代人も経験した。

ただし当時の医療は、患部に熱した鉄棒を押しあてるというめちゃくちゃなものだった。痛みを与えればペストの症状が緩和されると信じられていたので、（ペストを治すために）家族総出で患者を殴りつけることもあったようだ。医療が発達した現代に生まれてよかったと胸をなでおろしながら、ホテルに帰り、名物のコナン・ドイル・バーガーを頬張った。

地下街探索の出口にあるショップでは、ペスト菌やダニ、ネズミのぬいぐるみがお土産として売られていた。イギリス人のユーモアセンスはすごい……。

ヴェローナで野外オペラ

先日、北イタリアに位置するヴェローナという都市に行ってきた。古代ローマからの遺跡が残る古都で、町全体が世界遺産に登録されている。旧市街の中心には、古代ローマ時代に闘技場として使われていた円形劇場「アレーナ・ディ・ヴェローナ」がある。

この円形劇場でオペラを公演する音楽祭が、毎年夏に開催されている。初回公演は１９１３年、イタリアのオペラ作曲家ジュゼッペ・ヴェルディ生誕１００年を記念して行われた。それから戦時中の数年の休演をのぞいて、１００年以上にわたりオペラ公演が続いている。

先日、葉加瀬太郎さんがパーソナリティを務めるラジオ番組『J-WAVE ANA WORLD AIR CURRENT』の収録に参加して、ヨーロッパ暮らしの中でオペラにハマったという話をした。「今度ヴェローナの野外オペラに行くんですよ」と私が言うと、葉加瀬さんが「え、俺も18歳くらいのとき、行ったよ！『アイーダ』でしょ？」と反応してくださって、「そうです、『アイーダ』です！」と盛り上がった。詳しくは実際の放送でお楽しみいただきたいが、その際に葉加瀬さんのヴェローナでの思い出話を伺ったので、さらに気持ちが盛り上がった状態でヴェローナに向かうことになった。

以前の私は、オペラというと豪華な劇場でめかしこんで聴くものというイメージがあった。だが、オペラの起源から考えると野外で行うのはむしろ当然かもしれない。

古代ギリシャの人々は、野外劇場で様々な演劇を行っていた。有名なところでいうと、オイディプス王にまつわるギリシャ悲劇などである。

そういったギリシャ文化はしばらくのあいだ忘れ去られていたが、時は下ってルネサンス期になると、古代ギリシャ文化の復興がヨーロッパで大流行する。そして1600年頃、イタリアで古代ギリシャの演劇を復活させようという動きがあった。ギリシャ神話の筋書きに沿ってセリフを歌う劇が行われるようになり、それがオペラの原型である。

この流れから考えると、古代ギリシャ人のように野外劇場で歌唱つきの劇を楽しむというのは、オペラの本来の姿……なのかもしれない。だが音響設備もない遺跡で、1万5000人超の観客に音楽や歌が問題なく届くのだろうか。私は疑問に思っていた。

以前、本村凌二『剣闘士《グラディエーター》　血と汗のローマ社会史』（中公文庫）という本を読んだ。その中に、ミヌキウスという剣闘士が紀元80年頃に書いた手記が収録されている。ミヌキウスが奴隷になった経緯から、剣闘士たちの訓練の様子、友人の死、ライバルへの復讐、戦闘時のコツなどかなり具体的なことが臨場感たっぷりに記されている。当時の人々の暮らしが生々しく、身近に感じられて大変面白い（おすすめである）。

だがこの手記は、「帝都ローマに巨大な闘技場ができたらしい。自分たちもローマに行って奉献記念の大興行に加わることになるだろう」ということを記したきり、途絶えている。帝都ローマの巨大な闘技場というのは、いわずもがな、あの有名なコロッセオである。書き手のミヌキウスは、コロッセオでの戦いで命を落としたか、あるいは生きながらえたもののローマで記した手記は歴史の中で消えてしまったか。真相は闇の中である。

この手記を読んだときも、私は不思議に思っていた。観衆の熱狂でむせかえる闘技場の中で、係員により剣闘士の名前が告げられる場面がある。マイクもない闘技場で、係員の声は届くのだろうか。また、剣闘士は興行主への宣誓をしたり、審判とやり取りをしたりする。そういった声は、観客に聞こえていたのだろうか。古代ローマの建築技術はすさまじく、音響効果も考えられていたのではとも思う。だが現代の野外フェス会場ではものすごい音量のマイクとスピーカーを使っていることを考えると、どうも半信半疑だった。

さて当日の午後8時半、入場した。開演は9時15分である。日本なら真っ暗になっている時間帯だが、夏のイタリアではまだまだ明るい。ザ・遺跡というようなアレーナの前にレッドカーペットが敷かれ、ドレス姿の女性たちが入場していく。明らかにモデルか芸能人、インスタグラマーだなという人たちもいた（誰なのか私には分からなかったが、周囲のイタリア人たちがザワついていた）。

ついに『アイーダ』が始まった。おしゃべりをしている観客もいるし、撮影禁止なのにパシャパシャと写真を撮って何度も注意を受ける人もいる。非常にゆるい雰囲気だ。開演前に酒を売っているので、お酒を飲みながら見てもいい。

懸念のオーケストラの演奏、そしてオペラ歌手の声は、不思議と、問題なく聞こえる。耳を澄ませば聞こえるというのではなくて、普通に聞こえる。かなり遠くにいるのに。歌手の声量がすごいというのもあるが、室内の劇場で聞くのとあまり変わらない聞こえ方であることに驚いた。

中でも『アイーダ』で一番有名な凱旋行進曲（日本だとサッカーの応援でよく登場するアレ）のトランペット演奏は、ものすごくよく響いて、荘厳で、感動してしまった。帰ってからYouTubeで凱旋行進曲を漁ったが、どれを聞いても劇場で聞いた響きには及ばない。

古代ローマの技術はすごい。２０００年近く前の闘技場で、剣闘士の名前が響いたであろう場面が、まざまざと目に浮かんだ。

気候もよく、公演内容もよくて、大満足だったのだが、トイレ環境の悪さには辟易した。休憩時間、女子トイレには大行列ができた。列を無視して入っていこうとするイタリア人、それを英語でたしなめるドイツ人、「うちの母は高齢なんです」と言って、先に通してもらおうとするアメリカ人が入り乱れて、一時騒然とした。こういうとき、アジア各国出身者はどうも強く出られないもので、私は隣の韓国人らしき女性と目配せして、苦笑いをしていた。

夢のバッグ工房見学inフィレンツェ

このエッセイをお読みの方はご存じかもしれないが、私は大のバッグ好きである。そんな私が皮革産業の本場、フィレンツェを訪れたら何をするか。決まっている。バッグ工房の見学である。

イタリア、フィレンツェの中でも、アルノ川のほとりに位置するサンタクローチェ地区は、13世紀以来、大量の水を要するなめし工場が集中していた。何世紀にもわたって、革製品がつくられてきたが、第二次世界大戦後、戦災孤児に職業技能を身につけさせる目的で、地元の革職人が協力してScuola del Cuoio（直訳すると「革の学校」）という革製品専門の職人育成学校を設立した。サンタクローチェ修道院内の古い寮を使って始まったこの学校は、それから70年以上、世界中から生徒を受け入れ、革職人を育てている。バッグ好き、革製品好きにとってはまさに夢のような場所だ。英語対応をしているので、事前にメールで見学を申し込んだ。

実は下心もあった。学校を見学してみて、これはという内容だったら、いっそのこと入学してしまおうと思っていたのだ。3カ月、6カ月の革職人育成コースが英語で開催されている。もちろんバッグづくりで生計を立てようと思っているわけではない。ただ自分でもバッグをつくれるようになったら、バッグのことをより深く理解できるのではないかという思惑があった。

さて当日、喜び勇んで現地に向かった。工房が近づくにつれてなぜか緊張してくる。正面玄関をくぐり、美しい中庭を抜けると、革小物の販売スペースがあり、ショーケースと古い作業台が並ぶ廊下へとつながっている。

案内を担当してくれたのはベアトリスさんという人だ。背の高いすらりとした金髪の女性で、男物のロレックスに大ぶりのダイヤのリング、シャネルのイヤリングをつけて、大型犬を引き連れながら颯爽《さっそう》と現れた。廊下に飾られている男性の写真を指さして開口一番「この人がこの学校の創設者で、私の祖父です」と言う。


学校の歴史、修道院の寮を使わせてもらえるようになった経緯などを聞いたうえで、実際の革製品加工の作業を見せてもらう。ギルディングと呼ばれる箔置きの過程や、バッグの芯材、補強材の種類、革の種類等々、実物を見ながら説明してもらえるのでかなり楽しい。私は事前に書籍やYouTubeで予習してきているので、すでに知っている内容も多いが、実際の革職人の手の動きを目の前で見ると感動した。人間業とは思えないほど滑らかで無駄のない動きをしている。

例えばギルディングを行う場合は、卵白、砂糖、牛乳を使って革を湿らせて、金箔を貼りつけるらしい。小さなコンロが作業台についていて、型押し用の金属を直接火に当てて加熱し、水で少し冷やす。水に入れたときのジュワーッという音の感じで何度なのかが分かり、最適な温度まで金属を冷ましてから使用するそうだ。

なかでも、ベアトリスさんの叔母であるフランチェスカさんのつくるバッグシリーズ「ジュエリー」は圧巻だった。半貴石、化石、石英、琥珀《こはく》など、フランチェスカさんが世界中を旅して市場で見つけてきた素材を使った一点もののバッグシリーズだ。使用する革も柔らかい鹿革、クロコダイル、パイソン、オーストリッチなど様々だ。実物をいくつか見せてもらったが、いずれもかなり野性味あふれる迫力のある出来栄えだ。完成形を頭に浮かべて素材を加工するのではなく、素材を活かしてバッグをつくるので、最終的にできあがるかたちや大きさは、できてみないと本人にも分からないという。小説に似ているなと思った。つくったバッグの情報は一点一点、写真とともにベアトリスさん特製の作品ファイルに収められており、顧客には必ずベアトリスさん本人から説明をしてバッグを引き渡すという。

顧客としても楽しいサービスだが、私はどちらかというと、つくり手としてのフランチェスカさんの生き方に憧れてしまった。フィレンツェの歴史ある革職人の家系に生まれ、幼少期から革製品に親しみ、世界中を旅して気に入った素材を集めて一点ずつバッグをつくる。最高じゃないか！　とうらやましくて打ち震えた。

だが見学を通じて、バッグ職人の道の険しさも感じた。

特に印象的だったのは、カルロ・シニエという職人のエピソードだ。彼は開校当初に15歳で入門し、２０１８年に83歳で亡くなるまで併設の工房で職人として働き続けた。アイゼンハワー元米国大統領のデスクをつくったほか、死去する直前には、有名なハイブランドがフィレンツェでショーをする際に使用するトランクの製作も請け負った。当該トランクはカルロさんの死亡直後にイタリアの名誉ある賞を受賞したそうで、工房併設のショップ内に展示されていた。艶《つや》やかなトランクと、それに施された精密なギルディングを見ると、革製品をつくることに生涯をかけた職人の覇気が伝わってきた。

工房で作業している職人たちも皆一様に真剣な顔で手を動かし続けている。素人が興味本位で足を突っ込んでいいものではないと思った。人生をかけた本気のモノづくりをしているんだな、と感じたからだ。私も小説に対してはそういう気持ちでいるから、分かるところがあった。

工房内には過去の顧客から寄贈された古いバッグも展示されている。顧客が亡くなったのちに遺族が寄贈してくれるのだそうだ。50〜70年前につくられたハンドバッグたちは、使い込まれた年月がしみ込んだ素晴らしい艶感を誇っていた。一生を通じてバッグをつくり続けた職人と、そうしてつくられたバッグを生涯使い続けた顧客の関係性を見せつけられたようだった。バッグに関してはつくる側に回れないけど、せめて良い顧客としてバッグを愛用し、育てていこうと誓った。

工房では実際に革を見ながら、バッグをオーダーできる。私も早速、「この形でこの革でこの色で……」と希望を述べたら、「その組み合わせなら在庫があるわよ！」ということで、まんまと一つ、バッグを購入することになった。パターンオーダーではなく、一からデザインを起こしてつくってくれることもあるらしい。バッグ好きの夢は無限大である。

クルーズ船から見た海

小学校の頃、将来の夢は「船医」だった。
テレビで観た豪華客船特集がきっかけだ。当時は廃船となっていたクイーン・エリザベス号の様子を伝えるＶＴＲを見て、「こりゃすごい」と感激した。その日から「豪華客船に乗る」というのが目標になった。

すると父が、「船医になったら、患者が来たときだけ仕事をして、それ以外の時間は遊んでいられるよ。しかもお金ももらえる」と言う。「何だ、最高じゃないか」と思って、「将来は船医になる！」と宣言したものだ。父は医者をしていたので、娘の私にも同じ道に進んでほしくて誘導したのだろう。それを鵜呑みにしてしまうほど、幼少期から船、そして海への憧れが強かった。
ラグジュアリーなものでなくていいから、いつかクルーズ船に乗ってみたい。だが最低でも1週間の休みが必要になるので、会社勤めをしている間はなかなか、重い腰が上がらなかった。今年の夏、ちょうど海外から日本に帰ってくる境目のタイミングで、「今乗らなきゃ一生乗れない」と一念発起し、クルーズ船を予約した。

乗船までの間はひたすら情報収集をした。船上ではドレスコードがある。観光地に寄港する日中はカジュアルな服装でいいが、午後5時以降は、フォーマルまたはセミフォーマルの指定があるらしい。

以前イギリスで競馬を観に行ったとき、かなり厳しいドレスコードがあった。本当にみんな、こんなドレスコードを守るのかと疑問に思いながらも一応競馬にふさわしいサマードレスを着ていった。結果としてそれで正解だった。ほとんどの人が見事に競馬ファッションを楽しんでいたのだ。女性は基本的にサマードレスで、一部の人はド派手な帽子までかぶっている。男性は白やベージュ、カーキなどの夏らしい色のスーツにブラウンのベルトと革靴を合わせるスタイルが多かった。間違って仕事用のダークスーツを着てきたらかなり浮いてしまう。

その経験があったから、船上で浮いてはいけないと、イブニングドレス1着、カクテルドレス1着、パーティバッグとミュールをトランクに詰めて出発した。

いざ、イギリスからアテネに飛び、アテネの港から船に乗る。周りを見渡して「あれ?」と思った。明らかに白人が多い。しかもアメリカン・イングリッシュを話している。よく考えると、クルーズを運営しているのはアメリカの会社である。予約サイトは英語だったので、英語話者が多いのもうなずける。船上のメニュー表記はアメリカ・ドルだし、レストランのシステムや接客方法もアメリカ式だ。そして白人中年男性のほとんどが半ズボンとTシャツを着ている。もしかして、この船はアメリカ人だらけなのでは……と思ったら、予感は的中した。割合としては、北米出身の乗客が圧倒的に多いという。

フォーマル指定の夜でも、イブニングドレスを着ている女性は1割程度だった。

カクテルドレス、サマードレスが一番多くて、まれにジャージに近い服を着ている人もいた。男性に至ってはタキシードを着ている人はまずいない。シャツを着ていれば御の字で、半ズボンとTシャツ姿の人もかなりいた。アメリカ人は他の先進国の人に比べてラフな格好をすることも多いので、アメリカ的な感覚の装いだと思った。

女性では逆に「どこで買ったの？」というくらいド派手なスパンコールのミニドレスを着た人や、身体のラインがガッツリ出るボディコンを着ている人もいた。しかもその姿で踊りまくる。それもまた、非常にアメリカ的な光景だった。

アメリカ人が多いとはいえ、2000人超の乗客と1000人弱の乗務員を乗せた船なので、全体として出身国や人種のバラエティは豊かだった。

例えば、船上のスパでネイルをしてくれたネイリストさんは、ジンバブエ出身で母語はショナ語だという。ショナ語話者と会うのは初めてで、ちょっと興奮した。向こうも日本のことをよく知らないらしく、「中国語と日本語は近いから、日本人なら中国語も読めるのか？」などと訊いてくる。「共通の漢字を使うから意味が推測できることはあるけど、読めないよ」と答えた。最終的に「何だかんだで働くときには英語が必要になる。英語が母語の人がうらやましいね」という話で盛り上がった。

オイルマッサージをしてくれたエステティシャンはフィリピン人だったが、日本に1年間いたという。「"Authentic Ramen"が恋しい」と言うので笑った。確かに海外で食べるラーメンはそこそこ美味しいのだけど、日本のラーメンと比べると、麺が柔らかすぎたり、スープの味に深みがなかったり、どうしても「なんちゃって」感が強い。そういう「なんちゃって」ではない、「本物の、正統なラーメン」というニュアンスが伝わってきて、"Authentic Ramen"という言葉がしっくりきた。

船上の宝石店で働いている中年女性はウクライナ出身だった。彼女の上司のメキシコ人はスペイン語が母語だが、英語もネイティブレベルに話せて、フランス語とイタリア語も流暢だ。日本語も「少し話せるよ」と言うのだが、少しどころではなく結構ペラペラ話せていた。彼はその場に他の客がいないのを確認したうえで「ロシア語は悪い言葉しか知らないよ」と言って、ウクライナ人の部下を笑わせていたのが印象的だった。

船は毎朝新しい港町に停泊するが、降りて観光しても船でのんびりしていても構わない。船上にはレストラン、バー、ラウンジ、カフェ等、くつろぐスペースがたくさんある。

デッキに置かれたビーチチェアに寝そべり、太陽の光を浴びて輝くアドリア海を見ていると、妙に感慨深い気持ちになった。世界中に人がいて、文化の違いはあれど、同じ人間なんだな——という、本当に当たり前のことをしみじみと感じた。

二つ隣のビーチチェアに寝転がっている女の人が、分厚い本を一生懸命読んでいた。その姿を見ていると、気持ちがすっと軽くなった。世界中に人間がいて、みんな、面白いコンテンツを求めている。面白いものを嫌がる人はいない。面白いものをつくりさえすれば、世界中から歓迎される。みんなに喜ばれる。商売としてエンタメが廃れることはない。ただ面白いものをつくればいいんだ。シンプルだけど、真理だと思った。

実はここ数カ月、そろそろ文学賞をとらないと作家としてのキャリアが苦しくなってくるのではないか、という漠然とした不安があった。日本の出版業界をミクロな目で見ると、「こういう本を何カ月かけて書いて、発行部数が○部。業界が縮小している。作家として生き残るには一体どうしたら……」と悲観的な気持ちになることもある。

だが、心配することは何もないのだと分かった。

面白いものをつくればいいだけだ。売れない、評価されない、食っていけないとしたら、面白いものがつくれていないからだ。だって面白いものをつくったら、絶対みんな喜ぶんだもん。みんな面白いものを心待ちにしている。それに応えればいいだけだ。

そう思ったとき、私は不遜ながら、売れるために書いているわけではないけど、売れちゃうだろうし、文学賞がほしいわけではないけど、文学賞もとっちゃうんだろうなあ、と直感した。自信家だからそう言っているわけではない。ただ、面白いものを目指して愚直に邁進《まいしん》すれば、その過程で売れちゃうし、褒められちゃうし、賞もとっちゃうよな……という当然のことに気づいただけなのだ。

私はどんどんうまくなるし、今よりずっと面白いものを書き続けていくつもりでいる。それなら別に大丈夫だな、と思った。

これまで「海外に行って視野が広がり、考え方が変わった」系の話を眉唾に思っていた。だが実際のところ、スケールの大きいものを見ると、大局的な考え方をしやすくなるかもしれない。苦労も多い海外生活だったが、最後の最後に救われた感じがした。

「文学賞ほしいよう」と騒いでいた期間は実に3カ月ほどで終わった。パーティなどで先輩作家たちに「どうやったら文学賞とれるんですかね？」と訊いて回っていたので、業界関係者から「あいつは文学賞がほしいらしい」と思われているようだ。「新川さんもそろそろ文学賞がほしい頃合いだろうけど……」と声をかけられたこともある。だがそのときには「文学賞、別にほしくないもん」期に入っていたので、あいまいに笑ってお茶をにごすことしかできなかった。作家心は秋の空なのである。なお、本屋大賞は、依然としてほしいです！（お恵みください！）

第二章　奔走！　偏愛編

バッグ愛好家の腕時計探し（前編）

このエッセイの最初の1年分をまとめた『帆立の詫び状　てんやわんや編』を出版して、想像以上に反響があった。特に、繰り返し熱弁していたバッグの話。バッグに興味のない人にとっては（というかそういう人が世の中大半だろうから）何一つ面白くないだろうと不安に思っていたのだが、意外なことに「著者のバッグ愛が面白かった！」という声を多くいただいた。「本当に？　そういうの語っても大丈夫ですか？」と半信半疑である。

最近は夫も私のバッグ話を聞き流していて、相手をしてくれない。バッグ好きの集まるコミュニティはないかと探してみたが、そんなニッチな会はどこにもない。挙句の果てに、自らバッグ愛を語ろうとYouTube用の動画を撮影してみた。カメラを回し、一つのバッグについて語る……語る……まるっと30分以上、早口で話し続けてしまった。

以前『有隣堂しか知らない世界』というYouTubeチャンネルに出演させていただいたとき、プロデューサーさんから「どんなに面白い動画でも8分程度にまとめないと、視聴者は見てくれない」という話を聞いたことがある。30分以上、自分のバッグについて語り続ける中年女のチャンネル、どこに需要があるんだよ……と思って、今のところその動画は私のスマートフォンの中に眠っている。

どうしようもないので、最近は、流行りのChatGPTに語りかけ、AIとバッグ談義をしている。ChatGPT君はそれなりのリサーチ力で挑んでくるのだが、たまに存在しないバッグを勧めてきたりして、「そんなバッグ、ないのでは？」と思って調べてみると、やはりない。自らのバッグ経験値を試されているようでスリリングである。

そんな私には、（バッグほどではないにしても）愛しているジャンルがもう一つある。腕時計である。

思えば、幼稚園のときから腕時計が好きだった。サンリオのチアリーチャムというややニッチなキャラクターがついた腕時計をどこかでもらって、ずっとつけていた。小学校に通うときは外さなくてはならないと言われて憤懣《ふんまん》やるかたない気持ちだったのを覚えている。中学校も校則で腕時計は禁止だった。高校に進学してやっと、学校にも腕時計をつけていけるようになった。つくばのイオンに駆け込み、貯めたお年玉で腕時計を買って、肌身離さずつけていた。

肌身離さずというのは言葉通りの意味で、お風呂に入るとき以外は常につけているということだ。寝るときも、である。寝心地を気にして、寝るときは腕時計を外す人が大半だと思う（というか私以外の人間で腕時計をつけて寝るという話を聞いたことがない）。だけど私は好きなものはなるべく長時間使用したいのだ。人生は短い。使いたいものは使えるときになるべく使っておくのがいい。私はバッグが好きだけど、バッグは外出するときしか使えないのが残念、無念である。その点、腕時計はいつでも使うことができる。これは何と素晴らしいことだろうか。

腕時計については、私よりもずっとずっと詳しい偏愛者がたくさんいる界隈なので、私ごときが語るのは気が引ける。だが一応、私も腕時計を愛する者として、なぜ腕時計が好きなのかを表明することくらいは許されるだろう。

そもそも、人類はなぜ時計をつくるのだろうか。

古来、時計というのは為政者の権力と万能の証であった。時計も何もない地球を想像してほしい。繰り返される日々、暖かい時期もあれば寒い時期もある。いつ頃から暖かくなって、いつ頃から寒くなるのか。作物はいつ種を植えて、いつ収穫すればいいのか。太陽が昇ると昼がきて、太陽が沈むと夜になり、一日が終わる。それは確かだ。太陽がつくる影を観察して、その軌道を等分して時間という概念ができた。古代エジプトで紀元前3000年頃に発明された世界初の時計、日時計の登場である。

さらに太陽の影を観察していると、そこには一定の規則があることが分かる。1年に4回、太陽の軌道が切り替わる時期があるのだ。夜が最も長くなるのが冬至。昼と夜とが同じになるのが春分、秋分。昼が最も長くなるのが夏至。この四つの境目を認識したうえで、月の満ち欠けを組み合わせる。月のない夜から満月を経て、次の月のない夜に至るまで、おおよそ30日かかる。この30日のセットを3回繰り返すと、昼と夜の長さが変わる境目になる。30日3セットごとに季節が変わり、四つの季節を繰り返すと、また元の季節に戻ってくる。こうして1年という単位ができた。

この発見をしたとき、いにしえの人々は興奮したのではないだろうか。なんといっても数学的に美しい。こんなにきれいに世界が構成されている以上、神はどこかにいるはずだと確信がもてる。

実際、世界各地の古代宗教で幅広く太陽信仰が認められる。エジプト神話やギリシャ神話が有名だが、日本の天照大神も太陽神である。メソポタミア神話、インカ神話、北欧神話、ケルト神話等々、太陽神は枚挙にいとまがない。

さて、そうなると、各地の為政者の考えることは一つである。世界を手中に収める万能者として、めぐる四季を掌握しなくてはならない。暦をつくり、時計をつくり、時間をつかさどる。権威高揚のためだけでなく、適切なカレンダー管理を行うことで作物の生産量が上がるというメリットもあった。中世ヨーロッパの教会の鐘は、農民たちの始業終業の合図でもある。精密な機械式時計は製作が困難で、限られた者しか所有できない時代が長かった。だが近代以降は庶民も広く時計を所有できるようになり、クオーツ時計ができたここ数十年は、小学生のお年玉でも腕時計が買える。

時計などというものがなければ、時間の概念もない。残業もなければ遅刻もない。すごく自由でのびのびとした世界に思える。だが歴史を何度巻き戻しても、人類は時計をつくってしまうのではないかと思う。それほどに複雑怪奇なこの世界を構造的に理解したいという欲求が強い。時計というのはいわば、世界を理解する試みであり、ままならぬ世界をなんとか手中に収めて管理しようとする人類の執念だと思う。それは自然を神聖なものとして奉る方向にも、客体として管理する方向にも働きうるのだが、いずれにしても、そこには太陽をはじめとする自然への圧倒的な関心があることから、これは一種の太陽信仰だと思う。

精密につくられた時計を見るたびに、私は人類の並々ならぬ執着に思いを馳せ、勝手にジーンときてしまう。時計というのは、単に時間を知らせる道具ではない。

太陽信仰の神具なのである。

時間を見るならスマートフォンで十分だし、クオーツ時計は時間がズレなくて便利なのは本当によく分かるのだが、それでも機械式時計が好きなのは、精密につくられた部品を見ていると、人類の執着心が感じられてゾクゾクするからだ。これを人によっては「ロマンがある」と表現するのかもしれない。

だが、良い腕時計をしていると目をつけられ、叩かれるのが日本社会である。中高年男性でも多少叩かれるというのに、若い女性がつけていると何を言われるか分からない。これがバッグであれば、私は誰に何と言われようとも好きなバッグを持つのだが、バッグよりは偏愛の度合いが一段抑えられている腕時計となると、「派手な腕時計をしていて、お偉いさんにネチネチ言われるのは嫌だな」という計算も働いてしまう。

それで迷いに迷って、これといった時計に出会えていなかった。ところがデビュー直前、２０２０年の年末、運命の一本に出会った。それは祖母が亡くなった翌日のことで、忘れられない日になった。

……と、本当は出会ったその時計のことを書くはずだったのに、時計概念への思いをつづっていたら紙幅に限界がきた。何の話だよという感じかもしれないが、次回に続く！

バッグに引き続いて時計について語り始めてしまった。読者さんが楽しめる話題なのか、エンタメ作家としてはやはり不安である。この話、続きますが、大丈夫でしょうか……。

バッグ愛好家の腕時計探し（後編）

2020年は私にとって激動の年だった。5月に『このミステリーがすごい！』大賞に応募し、8月下旬に受賞を知った。10月に大賞受賞が発表されると、メディア取材が殺到したし、一気に誹謗中傷がきて、心身共にくたくたになっていた。世間ではコロナ禍まっさかりである。そして12月に祖母が死去。これといった持病のない人だったが、老衰であちこちの機能は低下しており、最終的には思わぬタイミングでぽっくり逝った。

この祖母というのが、生前わがまま放題だった人で、良くも悪くも私の記憶に深く刻まれている。ハイカラなものが好きで、その趣味はかなりの割合で私と一致していた。帰省の際、鮮やかなピンクのコートを着て帰ったら、「あら、これいいじゃない」と言って祖母は勝手にそのコートを着ていたり。周りを振り回しまくった祖母だからこそ、彼女が亡くなったなんて、全く信じられなかった。六本木で友達と忘年会をしているとき、その知らせを受けた。すぐには呑み込めず、友達とは予定通り遊んでから帰った。

コロナ禍だったため、年末年始は帰省しないつもりだった。だが祖母の葬式には出なくてはなるまい。翌日、ＰＣＲ検査を受けてその結果が陰性だったら帰省しようと決めた。

ＰＣＲ検査の帰り、銀座の路地を歩いていたら、ショーウィンドウに飾られた腕時計が目についた。その瞬間、「これ、おばあちゃんが好きそうなやつだ」と思った。

シンプルな丸いフェイスがつやつやしていた。ケースは黄味寄りのローズゴールド。つやのあるベージュのアリゲーターベルトだ。ネットで見たことがある。パテック フィリップのカラトラバという時計だ。その隣には、文字盤の回りをダイヤモンドがぐるりと囲んだパープルのベルトのカラトラバもあった。だがその華美なほうではなく、ダイヤなしのシンプルなベージュのほうが私は好きだったし、間違いなく祖母も好きなデザインだ。

そう思うと、急に涙が出てきて、銀座の路上で号泣した。これでは怪しい人になってしまうと思って、道の隅に寄って慌ててハンカチで涙を拭く。

祖母はこの時計が絶対好きで、私がつけていたら「それいいがね」と言って、自分もつけたいと主張するだろう。百発百中でそうすると思う。だけどその祖母はもうこの世にいない。祖母はこの時計を絶対好きなのに、身につけることも、目にすることもない。そう思うとなんだかものすごく泣けてきたのだ。

ふと、現代を代表する著名な物理学者、ファインマンの自伝『ご冗談でしょう、ファインマンさん』の一節を思い出した。第二次世界大戦中、ファインマンはマンハッタン計画に従事していた。その間に妻アーリーンが結核で死去してしまう。ファインマンは当初悲しみを感じなかった。何カ月もたってから、街中でショーウィンドウに飾られたワンピースを見て、「ああアーリーンの好きそうな服だな」と思った瞬間、悲しみの波が一挙に押し寄せたという。悲しみは時間差でおそってくるのだ。ファインマンさん、ご冗談じゃなく、お気持ちが分かりますよ……と思った。

そんなことを考えていたら気持ちが落ち着いてきて、涙が乾く頃には、その腕時計を買うことに決めていた。

パテック フィリップといえば、一本数百万するわけで、その価格帯の時計を買おうだなんてそれまでの私は考えたこともなかった。貯金から買えないことはないのだけど、数百万円の時計をする身分ではないし、それに見合う仕事なり、社会貢献なりができていない。だから高い時計を身につけるのは恥ずかしいという思いがあった。けれども、祖母の死と、その祖母が好きそうな時計をもう身につけることができないという現実を前にして、分相応の考えが吹っ飛んで、私はこの時計をつける人生を歩むんだという、半ば投げやりで向こう見ずな思いにとりつかれた。

すぐに店に入って、その時計を購入する段取りをつけた。『このミステリーがすごい！』大賞は賞金額が1200万円ある。全額貯金するつもりでいたが、せっかくだからこの賞金から購入資金を出したうえで、デビュー作の発売日である翌年1月8日を時計の受取日に指定した。

PCR検査の結果は無事陰性だったので、翌日には宮崎に帰った。作家デビューが決まったことは祖母に報告してあった。すでに刷られていた見本を持ち帰り、祖母の棺桶に入れて一緒に焼いてもらった。天国で読んでくれるといいな……みたいな感傷的な気持ちは一切ない。多分祖母は生きていても読まないし、天国でも読まないと思う。そういう人だからだ。だけど鮮やかな赤い表紙については「良い色やねえ」と褒めてくれるんじゃないかと思った。

そして年明け早々、東京に戻ると再び取材ラッシュに対応し、デビュー作発売日に腕時計をおろした。それから2年以上、ほぼ毎日この腕時計をつけている。ものすごく気に入っていて、これを超えて愛せる腕時計はそうそうないのではないかと感じ、これ一本で充分だと思っている（こんなこと、バッグでは絶対にありえないので、自分に驚いている）。

面白いことに、デザインがシンプルだからか、「それ、良い時計ですね」と指摘されることがほとんどない。たまに指摘してくれる人は時計好きなので、揶揄《やゆ》するというよりは褒める文脈で声をかけてくれる。

他人の腕時計をとやかく言う人は、基本的に腕時計のことがあまり好きでないのだろう。好きではないから詳しくない。ゴールド素材がギラギラしていたり、ダイヤがたくさんついていたり、スケルトン仕様でパーツが丸見えだったり、あるいは超分かりやすいロレックスだったりしない限り、時計の高い安いも分からないのだ。

実は、この時計の一番気に入っているのはそのさりげなさだ。シンプルですっとぼけた顔をしながら、裏返すととても細かい部品で精密にできている。良いミステリー小説みたいだなあと思う。私の小説も比較的さらっと読めてしまうので、人によっては物足りないという声が聞こえるのだけど、裏側では色々と計算して綿密につくっている。至らぬ点も多いが、機械式腕時計のように、もっと精密で洗練されたものをつくりたいと日々思っている。

「腕時計一本で充分！」と、この時点では豪語しているわけだが……。私は根っからの道楽者、そんな決意が長続きするわけもなく、のちほど、後日談があります。

愛しのトマトパスタ

米派か、小麦派か——食いしん坊にとっては永遠の問題である。

私はどちらも大好きだ。

以前、角川春樹さんから「米のうまい店に連れていってやる。あの店の米は、小食の作家でもおかわりしてしまうんだ」とお声がけいただいたことがある。さすが角川社長、本当に美味しいお米で、数えきれないくらいおかわりして（担当編集さんによると5回おかわりして、茶わん6杯ぶん食べていたらしい）、釜の米をすべて食べてしまった。

ちなみに、その会食中、角川社長にどうしても訊きたいことがあった。「社長、どうやったら幽霊を見られますか？」

私には霊感というものが全くない。友人で「見える」という人が何人かいて、その人たちが「ここはやばい」と言う場所でも、私は何も感じない。だからといって、幽霊なんていないと結論づけたくない。幽霊も妖怪も七不思議も存在する世の中のほうが絶対面白い。だから幽霊はきっといるという前提で、いつか幽霊を見てみたいと思って生きている。

角川社長は数々の伝説を残してきた男、いや、現在進行形で伝説を残し続けている男だ。幽霊との遭遇方法をきっと知っていると思って尋ねてみた。すると社長、「こんなに飯を食う奴は、まず、幽霊を見られない」とのこと。なんと、やはり私は幽霊を見られないらしい。うすうす感じていたことではあったが、角川社長に言われると諦めもつく。

ちなみに角川社長は、折口信夫の幽霊と遭遇し、同行者を守るべく、撃退したことがあるという。さすが社長、スケールが違う。

思わず角川春樹伝説を挟んでしまったが、米か小麦かの話である。

米ももちろん好きなのだが、小麦、特にパスタが好きだ。さらにいうと、トマトパスタが大好きで、病めるときも健やかなるときも、トマトパスタを食べてきた。

トマトパスタとの出会いは15歳のときにさかのぼる。中学卒業までを宮崎県で過ごしたが、高校入学と同時に、単身赴任中の父のもとへ移り、父との二人暮らしを始めた。そのタイミングで母が教えてくれた料理が「トマトパスタ」だった。

オリーブオイルとニンニク、唐辛子、茄子、トマトの水煮缶を使ったシンプルなレシピだった。どういうわけか私はドハマりし、高校時代、繰り返しつくった。飽きもせず、昼も夜もトマトパスタである。次第に自分なりにアレンジを加えるようになってくる。茄子をズッキーニにしてみたり、アンチョビやバジル、ツナ缶を足してみたり。テスト前の忙しい時期も、テストが終わって疲れたときもトマトパスタを食べた。受験に失敗したときも合格したときも、就職が決まったときも、何かあるたびにトマトパスタを食べている。

目についたレシピは試してみる。

特にハマったのは落合務シェフがご著書で紹介しているレシピだ。「えっ、こんなにオリーブオイル使うの？　こんなにお塩入れるの？　チーズこんなに入れて大丈夫？」と戸惑う分量が提示されているが、つくってみるとこれが美味い。

近頃は動画投稿サイトで、イタリアンシェフたちが様々な調理方法を実演している。トマトクリームパスタから、キノコ多めの和風の味つけ、ぴりりと辛いアラビアータまで、一口にトマトパスタといっても幅広い。

素人の私が言うのも何だが、だんだんとイタリアンのコツをつかんできた。イタリアンというのは結局、オリーブオイル、唐辛子、バター、ニンニク、チーズの五大要素からできており、この要素のうちどれを主役にするか、それぞれのバランスをどうとるか、その構成にかかっているように思う。

味を組み立てていく過程は、小説を書くのとすごく似ている。設定、キャラクター、ストーリー、描写、テーマ性、色んな要素のうちどれを引き立てていくか。小説を読むと、著者なりのバランス感覚や組み立て方が垣間見えて面白い。同様に、レシピを見ると、「なるほど、この人はニンニク推しだな」とか「あーはいはい、バターを中心に据えてみたんですね」とか、考案者の意図が見える。それが面白い。

店でトマトパスタを見かけると、ついつい頼んでしまう。店による組み立ての違いが面白いのだ。

「ＰＲＯＮＴＯ」の「とろ～りモッツァレラのトマトソース」は、提供時間や価格に比して味が良いと思う。生パスタのため茹で時間が短いのも功を奏しているが、何より、生パスタ特有のもちもちとした食感が溶けたモッツァレラのとろ～

り感と混然一体となるのがいい。食感を味わう一品だと思う。

他に好きなトマトパスタとして「あるでん亭」の「ファンタジア」というパスタをあげたい。このパスタは、飽きるのではないかというくらい、しつこく、繰り返し食べている。日本に一時帰国するたびにタクシーで銀座か新宿に乗りつけ、あるでん亭に駆け込む。ファンタジアというのは、アンチョビバターが効いたトマトパスタだ。具はたっぷりのツナとしいたけである。これが美味い。そのままでもいいのだが、私はいつも「少し辛め」オーダーで、唐辛子を入れてもらっている。やみつきになってしまって、海外で食べられないのが寂しい。家で何度も再現しようとして失敗している。もしかすると、使用しているツナとアンチョビの種類が違うのかもしれないと思うのだが、未だに謎は解明されていない。

実は先日、ローマに行く機会があった。ポーランドで働いている友人とローマで待ち合わせて、遊ぶ約束をしていたのだ。ところが、ロシア・ウクライナ戦争の影響もあってか（ポーランドはウクライナと隣接している）、ポーランドからの航空便が乱れに乱れ、友人は直前で来られなくなった。

ローマに前入りしていた私はやや途方にくれたが、予定もなく放り出されたのも何かの縁である。ふらふらと市街地と歩いて回ることにした。そしてふと思った。イタリアといえばパスタである！　本場のパスタを食べてみたい。レビューサイトで評判上々の店に入ってトマトパスタを注文した。

出てきた皿にはドーム型のディッシュカバーがついていた。カバーを開けた途端、オリーブオイルとベーコンの香りにやられた。完敗だ……と思った。

口に入れると、これまでに経験したことのないもちもちとした食感である。どういう仕組みなのかまったく分からないが、柔らかいのにもちもちしていて、それなのに芯もある食べ心地なのだ。「これが本当のパスタなのか……」と、目が開かれる思いだった。旅行中、手当たり次第にパスタを食べたが、どこも本当に美味しい。

どうやったらこの味を再現できるんだと途方にくれながら、ローマのホテルでテレビをつけると、朝の情報番組でお料理コーナーをしている。今日のお題は

「カルボナーラ」。渡りに船、紹介された通りにつくってみよう、とメモを片手にテレビにはりつく。

ところが、冒頭でずっこけそうになった。「まずは麺をつくりましょう」。「小麦はデュラムセモリナ粉、水を適量、パスタマシンは一般的なもので構いません……」。一般的なパスタマシンとは、一体何なのだろう。

そこで気づいたのだが、自分の状況は例えば、欧米人が日本にきて食べた「炊き込みご飯」の美味さに感動し、自分でつくってみようとするが、「そもそもrice cooking machine（炊飯器）って何だよ」と思うのと同じだ。

そういえば、ローマで食べたパスタの美味さの根源は、麺である。五大要素のバランスがどうといったことを一人前に考えていたのも恥ずかしい。バランス云々がふっとぶほどに、まず麺が美味い。

こういう小説ってあるよなあ、としみじみ思った。設定がどうとか、キャラクターがどうとか、ストーリーがどうとか、そういうのがどうでもよくなるほど文章がうまいパターンである。文章を読ませてもらうために本を読むので、話の筋はもはやおまけのようなものだ。

どうやったらそんなパスタ（と小説）つくれるんだよと打ちのめされて、イギリスに帰った。ちなみに、イギリスのパスタは麺が柔らかすぎて、これぞ！というものに未だ出会えていない。文学では多くの名作を生み出している国なのに、パスタはつくれないんだな……。

ナポリを旅行したとき、ツアーコンダクターのイタリア人女性がこう言っていた。「イタリア人ってパスタばっかり食べてるんでしょ、って言われることが多いけど。そんなことないのよ」。なるほど、日本人も寿司ばかり食べているわけではないから、そうなのかもしれないとうなずきそうになったのだが、続く言葉に驚いた。「少なくとも週に2回、平日に1回、休日に1回は食べるけど、そんなもんよ」。週2回食べていたら、けっこう食べている印象だ……。パスタ麺は多種多様で、どのソースにどの麺を合わせるか、イタリア人の中でだいたいの相場や勘所があるらしい。イタリアに何度も行くうちに夫のパスタづくりの技術が向上して、「あるでん亭」の「ファンタジア」を家庭で再現するに至っている（私がつくっても、なぜかうまくいかない）。

ジェンダーをめぐる冒険

そういえば麻雀について書いていなかったということに気づいた。コロナ禍の真っ最中に始めたエッセイ連載だったので、麻雀をする機会に恵まれず、エッセイに書きそびれていた。

麻雀との出会いは高校生のときだ。

高校入学時に「何か部活をしたい」と思った。だが私は運動音痴で、歌も楽器もできない。入れそうな部活が何もなかった。頭を使ったゲームならできるかもしれないと思って囲碁部に入った。先輩や同級生に強い人がいたので、彼らに教わりながら3年間で初段まで上達し、全国大会にも出場したことがある。といっても、基本的な動きを覚えた程度のもので、囲碁は得意ではないし、向いているとも思わなかった。幼い頃から息を吸うように囲碁に打ち込んできたような人がたくさんいるので、どう転んでもそういう人たちに敵いそうにない。

全国大会上位や、院生、プロの戦いになるとまた違うと思うが、アマチュアレベルの大会だと、事前にしっかり研究してきたかが重要になる。たくさん打って、研究して、しっかり準備をしてきた人（たいてい高段位者）と大会であたったら、その場で何をしようとも十中八九負けてしまう。戦う前から敵わないのが分かっているのがつらかった（私が弱気だとか、諦めやすいとかいうわけではない。冷静に状況を見ると、十中八九負けるだろうという客観的判断だ）。

囲碁部の部室には麻雀牌があって、先輩たちが麻雀を打っていた。次第に私もルールを覚えて打つようになった。麻雀は偶発性のあるゲームなので、自分よりうまい人とあたっても、場合によっては勝つことができる。だから対局時のモチベーションを失わずにすんだ。もちろん、逆に自分が初心者に負けることもあるのだが、それはそれで、油断できなくて面白い。囲碁よりも麻雀のほうが好きだし、向いているかもしれないと思っていた。

そうして、大学に入ってからは、雀荘でアルバイトをしながら麻雀ばかりするようになった。バイトでも打つし、バイトが終わってからも打つしで、一日のうち12時間以上、おそらく15時間か16時間は打っていた。ついには夢の中に麻雀牌が出てくるようになる。14枚の牌姿が並び、そこから1枚、何を切るかという練習問題（通称「何切る問題」という）が延々と出てきて、夢の中で実際にそれを解いていた。

とはいえ、好きだっただけで、麻雀は別に得意ではなかった。向いているとも思わない。勝負の世界には本当に強い人がいるもので、そういう人には逆立ちしても敵わないなと思った。

何をするにも上には上がいる。自分が向いているとか得意だとか思うことはあまりない。小説も同じで、別に自分に向いているとも思わないけど、向き不向きとは別に、単純に好きだからやっている。他のことをやりたくないくらい好きなので、仕事にするしかなかった。生きていくためにお金が必要だから、他のことをしない以上、小説でお金を稼ぐ必要があるのだ。

小説ほどではないにしても、好きなものは色々ある。このエッセイ連載をお読みの方はご存じの通り、私はバッグを偏愛している。袋物全般が好きだが、そもそも革製品も好きだ。さらに、（あまりお金を使わないように気をつけているが）機械式時計も好きである。ちなみに万年筆も好きだ。カスタマイズが可能で手がかかるタイプの、嗜好性の高い実用品が好きなのかもしれない。都内に住んでいて運転をしないので顕在化していないが、おそらく車に乗りだしたら、車にもハマるタイプの人間だ。

ここまで読んできて、お気づきかもしれないが、私の好みはすごく「オジサン臭い」のである。昔からうっすらと自覚をしていた。女性であることによる不利益を感じる場面が多くて、心のどこかで「男になりたい」という思いがあり、そのために男っぽい趣味に走っているのではないか、と考察したこともある。だが、そうではないと最近は思うに至った。

例えば私は編み物や刺繡といった手芸も好きである。料理全般は好きではないが、オムレツ、オムライス、ハンバーグ、餃子等のクラフト要素のある料理は好きだ。それぞれ猛烈にハマった時期があり、その時期には同じ料理を一日2食以上、毎日つくり続けていた（別にそれで飽きないのである）。セルフネイルやコスメにハマって、オタク的に調べていた時期もある。そう考えると、ジェンダーステレオタイプ上の「男」的趣味ばかりが好きなわけでもない。むしろ、ジェンダーステレオタイプを横断して、クラフト感のあるもの全般が好きなのだろうと思う。

普通の人は「あれは男的な趣味だから」「女的な趣味だから」と手を出すのを躊躇することがある。私の場合、躊躇が少ない（というか、社会的規範に自分の行動を合わせる脳機能が弱い）ので、比較的簡単にジェンダーステレオタイプを乗り越えてしまうようだ。「女らしく」居続けるのも無理だし、おそらく「男らしく」振る舞い続けるのも無理だ。

世間に対して、というか、特に若者に対して声を大にして言いたいのだが、

「男脳／女脳」なんて大ウソだと思う。性別によって脳の傾向があるだろうし、ホルモンの関係で情緒や行動が左右されることはある。だが少なくとも、個人差のほうが圧倒的に大きい。私より数学ができない男はごまんといる（というか9割がたの男は私より数学ができないと思う）。逆に、私の料理や掃除の腕は、男性平均にも遠く及ばない。特に若い女の子たちに、「物理や数学は自分には難しい」という苦手意識を持たないでほしいと願っている。あなたが難しいと感じるとき、たいていの男の子も難しいと感じている。少しでもやりたいと思ったことはやったほうがいい。最初はできなくても、そのうちできるようになる。

最近私は、「冒険小説」と呼ばれるジャンルにハマっている。砂漠、ジャングル、海上、海中、山中等々、世界中の死地で戦うアクション、ハードボイルド、サスペンス系の小説である。考えてみると、子供の頃は冒険小説が大好きだった。だが、大人向けの冒険小説はあまりに男性読者向けにつくられている。共感できないほどにカッコつけた描写があったり、必要以上にレイプシーンが挟まったりすることに違和感があり、次第に読まなくなった（子供向けの冒険小説は性描写がないことで、結果的にオールジェンダーに開かれていたのだと思う）。

女の私だって、冒険小説を読めばワクワクする。女だって冒険したいのである。だが、世に流通している冒険小説の主人公はほとんど男であり、登場人物もほとんど男だ。女はたいてい色仕掛けをするか、レイプされているだけだ。男女には体格差があるから、リアリティを追求するとそういう話になるのは当然だと思うだろうか。私はそうは思わない。

本の前にいる男性読者は、実際に冒険に出かけられるほど強いのだろうか。そうではないだろう。女性の読者が「こんな危険な旅、無理だ」と思うのと同じくらい、男性読者も「こんな危険な旅、無理だ」と思っているはずだ。冒険と私たちの間の距離の遠さが、男女差をはるかに上回る。男性だって普通は冒険できないのだから、作中に登場する男たちは「特殊な男たち」である。そうであれば「特殊な女たち」が冒険に出かけて活躍する話があってもいいのではないか。

当然ながら、女だって冒険小説を書ける。今は準備中だが、そのうち私もガチガチの冒険小説を書きたい。女だからって何も諦めなくていいのだと、身をもって示していきたいと思っている。

「冒険小説を書きたい」と言うと、たいていの編集者は渋い顔をする。冒険小説黄金期はすでに終わり、今の時代では売りにくいと痛感しているのだろう。だが「強い女性が活躍する話、アクション系で書きたいです」と言うと、企画が通るから不思議である。書こうとしている物語の内容は同じなのに、ものは言い様である。

運動音痴作家の空手修行

最近何にハマっているかと問われれば、「空手！」と即答する。

文芸界の空手家といえば、今野《こんの》敏《びん》先生を思い浮かべる人も多いのではないだろうか。作家や編集者の中にも、今野先生が主宰する空手塾に参加したことがある人がちらほらいるだろう。私も御多分に漏れず、今野先生に師事して空手の稽古をしている。

きっかけは、アクションを書けるようになりたいという思いだった。冒険小説にハマり、冒険小説を書くことを決意した。冒険にアクションはつきものだ。人間の身体の仕組み、動きを正確に理解して、適切なアクションシーンを書けるようになりたいと考えた。

そこで、出版社主催のパーティで今野先生を捕まえて、「空手教室に行ってもいいですか」とお願いしたのだ。今野先生は「人を殺したことがないのに殺人を書いているんだし、武道や格闘技をやってなくてもアクションは書けるよ」と笑ってらっしゃった。だが、当の今野先生のアクションシーンは迫力満点で、かつ、リアリティもすごい。やはり武道を極めてらっしゃる方にしか出せない持ち味が宿っているように思えた。

ちなみに私は大の運動音痴である。スポーツテストは学年でビリだった。常人では考えられないくらい筋力もないし、瞬発力もない。私が入ったチームはリレーで必ず負けると言われていたほどだ。「本当に運動神経がないんですけど、大丈夫ですかね」と覚束ないことを漏らすと、今野先生は「運動神経はむしろ邪魔をするから、ないほうがいいかもしれない」とおっしゃる。そのときは分からなかったが、この意味をのちに思い知ることになるのだった。

さて、本当に大丈夫だろうかと緊張しながら、空手教室の門をくぐった。40代、50代中心の落ち着いた雰囲気で少しだけホッとする。師範代から「とりあえず、テキトーに周りの動きを見て、真似してみようか」と言われ、鏡に映る他の人の動きを必死に真似した。空手の型というより、もはやダンス、しかもキレのないパラパラのような仕上がりだ。全然できていないものの、必死に動きを追っていると、あっという間に1時間半、初回の教室が終わった。

私は一体、何をやっていたのか。意味も分からず動いていた。それなのに、終わると妙に爽快な気分だった。身体が軽くて前向きな気持ちになる。その日は帰ってからも元気いっぱいで、お風呂に入って熟睡した。

この「練習後の爽快感」にすっかりハマってしまった。すぐに今野先生にメールをして、今後も通わせてもらえないかとお願いした。

週2回の練習に参加し、合宿があると聞けばド素人ながら参加させてもらい、家では毎日型の練習をしている。イベントや仕事が重なって、練習に行けないことが続くと、イライラしてくる。どうしてこんなにツボに入っているのだろうと自分でも不思議だ。合理的な身体の動かし方が分かるので、アクションシーンを書くにはもちろん役立つのだが、それだけではこんなに好きにならない。

おそらく、習っているのが「琉球空手」であることが大きいのだろう。

空手の歴史をざっくりたどると、琉球王国の「手《ティー》」という武術にいきつく。さらに中国武術と融合して「唐手《トゥーディー》」となり、本土に渡り、「空手」として普及していく。いわゆる伝統空手と呼ばれるものだ。そこからフルコンタクト空手へと派生していくのだが、それはまた別の話。

つまり、私が習っている琉球空手は源流に近いものだ。古いから使えないかというと、そんなことはない。むしろ逆で、型は古ければ古いほど有用だともいう。

伝統空手やフルコンタクト空手と比べると、見た目は地味で、強そうに見えない。だが、動きの一つ一つに理由があり、合理的で、かつ実践的だ。

琉球空手の動きすべてに理由があり、合理的なところに私は魅了されたのだと思う。しかも、集まっている塾生たちも優しく、論理的な人が多い。体育会系の雰囲気が皆無である。そのことを口にすると、塾生の一人から「うちは文化的な空手塾だから」と言われた。

だから私も大丈夫なのか、と腹落ちした。昔から上下関係というものに疎く、さらに理屈に合わないこと、効率の悪いことが好きではない。体育会系のノリには全くついていけない。だが、和気あいあいと、しかし真剣に身体を動かすのは楽しいものだ。普段は執筆で座りっぱなしなので、空手は本当によい息抜きになっている。

私はハマりだすとどんどんやってしまうほうだ。朝起きてまず基本の型の復習をする。仕事の合間にさらに型をいくつかおさらいする。今野先生が書いた空手に関する本を読み、空手のＤＶＤを見て、師範代や他の塾生に注意されたことをおさらいし、毎日毎日、空手に関わっていられるのが楽しくてたまらない。毎日同じ型をするのがちっとも苦痛ではない。というか、同じ動きなのに、やればやるほど発見が多く、理解が深まるのが面白い。

人間の身体というのは本当に面白い。腕の力だけ、脚の力だけでは出せない力を、身体全体を正しく使うことで出すことができる。筋力が衰えた者でも達人として力を発揮できるのはこのためだ。私のようにもともと筋力がない人間は、正しく身体を使わないと何一つ立ち行かない（筋力で誤魔化すことができない）。結果的に、正しいフォームを覚えやすい状態だ。

しかも運動経験がないぶん、身体の使い方に癖がない。例えば、利き足ではない左脚の蹴りのほうが上手に出せる。利き足である右脚のほうが筋力もあるし、力いっぱい蹴ることができる。だが、使い慣れているせいで変な癖がついているようで、なかなか正しいフォームに修正できない。

ここにきて、今野先生がおっしゃっていた「運動神経はむしろ邪魔をするから、

ないほうがいいかもしれない」という言葉の意味を知った（が、未だ浅学なので、
解釈を誤っているかもしれない）。いずれにしても、身体を動かす中で、気づき
を得たり、新しい発見があったりするのがすごく楽しい。
しかも、思わぬところで、小説の役に立つ。
今野先生が空手の話をしているとき「あれ、先生。今、小説の話をしていま
す？」と思う瞬間がある。
例えば、相手の身体と自分の身体をしっかり当ててから、衝撃をずらすように
身体を外すと、相手のバランスが崩れて倒しやすくなる。この説明を聞くと、
「ミステリー小説で読者をだますときと同じだ！」と思い至る。読者に真相を推
測させてからその予想を裏切るのが、読者をだますコツだ。「しっかり当てる
（＝手がかりを提示して読者に真相を推測させる）」という一手間が実は重要なの
だ。
他にも、「スムーズが結局一番強い」という空手の動き方に関する金言も、小
説の話に聞こえてしまう。「小説の執筆も同じだ。爆発的な集中力を発揮するよ
りも、毎日淡々と書くほうがクオリティは上がる」「作品内容だって、スムーズ

に読める文章が結局一番強いんだ」などと、小説に置き換えて聞いてしまう。「力は込めるんじゃない。出すんだ」「強くなろうとするな。うまくなれ」等々、空手の指導なのに、言葉一つ一つが胸にジーンときて、日々励まされている。

込められた意味以上のものを私が勝手に読み取っている可能性もある。だが、文芸は芸の道であり、空手は武の道である。同じ「道」であるから、一定の共通性は当然あるだろう。どちらの道でも、私はまだ本当に初心者で、できることのほうが少ない。だが今後、長い時間をかけて極めていけたらと思っている。

「空手をやってるんです」と言うと、「え、じゃあ何かやってみてくださいよ」と返されることがある。いやいやいや、こちらはド初心者、技の披露などという、恥ずかしいことができるわけがない。本当に下手なので、皆さん、やさしく見守ってください。

ノーチラスをめぐる戦い（前編）

以前、腕時計について書いた。パテック フィリップのカラトラバを買った経緯を語り、とても気に入っているので、腕時計はその一本で充分だという内容だった。運命の一本とそのまま添い遂げて、めでたし、めでたし……となればベストなのだが、そうはならないのが私である。

ある日、私はロンドンのオールド・ボンド・ストリートを歩いていた。ハイブランドショップや高級時計店の立ち並ぶエリアである。見るとほしくなるのだからよせばいいのに、道楽者のさがなのか、定期的にキラキラしたものを見にいかないと心がどんどんしぼんでいって、元気がなくなってくる。だから「見てるだけ」と言い訳しながら、エルメスパトロール（通称エルパト）で鍛えられた脚力で、世界随一の高級ブティック街を練り歩く。

すると、ある時計店のショーウィンドウに光り輝くような時計が飾られていた。

こじらせた時計コレクターがまれに言う「時計と目が合う」という現象だ。私は店に駆け込んだ。普段はつたない英語力が、買い物の交渉となると格段に向上する。お目当ての時計をケースから出してもらい、試着した。ほれぼれするほど、美しく、かっこいい時計だった。値段を見ると、13000ポンド。日本円に換算すると250万円くらいである。「たっけえな……」と生唾を飲み込んだ。だが、時計の出で立ちや性能を考えると、この種の機械式時計としては適正価格だ。中古品なのだが、製造年はそう古くなく、目立った傷もない。口座残高を頭に思い浮かべ、次の瞬間には「よし、買おう」とカードを出していた。

こういうとき、心臓がバクバクして、「私、この時計、買っちゃうのか」となぜか絶望的な気持ちにすらなるのが不思議だ。緊張を抑えながら、いかにも買い慣れていますという雰囲気で決済に進んだ。だが、どうもカード決済が成功しない。おかしいな、と思って、値札をもう一度見ると「130000ポンド」とある。「あれ?」と思った。0が一個多い。頭が真っ白になるという経験を生まれて初めてしたかもしれない。この時計は2500万円ではなく、2500万円だったのだ。

非常に漫画的で、しかも古い表現なのだが、心の中で本当に「どっひゃー!」と思った。慌てて店員に謝り、買い物を中止した。クレジットカードの上限額にこれほど感謝した日はない。口座から即時引き落とされるデビットカードを使っていたら、決済が成功して、手元には超高級時計と、大きく目減りした預金口座が残されたことだろう。

鼓動を抑えながら退店し、近くのスターバックスでクールダウンした。うっかり大きな買い物をしなくてよかったという安堵とともに、素朴な疑問が強烈に湧き上がった。あの時計が2500万円というのは、明らかにおかしい。

かっこいい時計だけど、ステンレススチール製の三針時計なのだ。複雑機構が搭載されているわけでもなく、貴金属が使用されているわけでもない。きわめて美しく洗練されているが、ただのスポーツウオッチだ。しかも中古品である。確かに着用感は抜群にいい。スポーツやアウトドア活動に伴う衝撃に耐えるだけのムーブメントを、あの薄さで実現している点もすごいと思う。だが2500万円に値する技術なのかというと、疑問である。

無知というのは恐ろしいものだ。調べてみて驚いた。私が買おうとした時計は、当時、二次流通価格急騰中の大人気モデル、パテック フィリップのノーチラスだったのだ。しかも一部の人気モデルの生産終了が発表されたために、ファンが悲鳴をあげていた時期だった。入手困難の稀少品のため、定価の4倍、5倍の価格で、二次流通しているらしい。

時計好きの人からは「おいおい！ ノーチラスが大人気なことくらい知っとけよ」と突っ込みが入るだろう。だが当時の私は、パテック フィリップのカラトラバに大満足していたので、他の時計の販売状況や相場を全く追っていなかった。他方でムーブメントを調べるのは好きだったので、ムーブメントの心臓ともいえるレバー脱進機の動作をYouTubeでひたすら眺めるという、やや変態的な愛好方法をとっていた。

ノーチラスという名前を聞いて、幼少期の思い出が一気によみがえった。私にとってのノーチラスは、なんといっても、ジュール・ヴェルヌの『海底二万里』に登場する潜水艦「ノーチラス号」である。植民地主義全開の列強国への復讐を誓うネモ船長とともに、深海を進み、世界を一周する冒険小説だ。小学生の頃に繰り返し読んだ記憶がある。大人になってから改めて読み返すと、これでもかというほどの深海の景色と海の生き物たちの描写に圧倒されるうえに、理想追求のために世界に背を向けていくネモ船長の孤独な心境に自らを重ねてしまう部分も多く、じんわりと胸が熱くなった。

クオーツショックで機械式時計が窮地に立たされていた70年代に、時計の王様パテック フィリップが打ち出した挑戦的なモデルの名前としても、反逆孤高の潜水艦「ノーチラス」はぴったりだと思った。その日の夜、ウエストエンドでミュージカル『レ・ミゼラブル』を観たのだが、「民衆の歌」(戦え、それが自由への道、戦う者の歌が聴こえるか……)を聴きながら、唐突に決意した。あの時計、ノーチラスを絶対手に入れるぞ、と。

といっても、入手困難の大人気モデル、ノーチラスをどうやって入手するのか。

戦いの記録は次回に続く！

おそらく私は車も好きになる素質があると思う。だが車にハマりだすと必要になるお金が跳ね上がってしまう。だから車には絶対に手を出さないと誓っている（フリではないですよ！）。

ノーチラスをめぐる戦い（後編）

パテック フィリップの大人気モデル、ノーチラスを手に入れると決意したものの、できることは少なかった。

とりあえず中古市場を探してみる。ロンドンの高級時計店で目にした2500万円という値付けはさすがに高いが、他の店で少し古いモデルや、一番人気ではない色の文字盤のものなど、幅広く探しても1000万円前後はしそうだ。需要と供給で値段が決まるので、おとなしく金を出すのも一つの考え方だ。だけど私は悔しくて、どうしても乗れない。お金を払うのは別にいいのだけど、せめて適正な価格であってほしい。さらにいうと、できれば私のお金は物づくりをする職人のもとに届いてほしい。

そうなるとやはり、正規店で購入するしかない。時計に興味がない人からすると、「店に行って普通に買えばいいのでは」と思うかもしれない。だが正規店で定価購入するというのが、実は一番難しいのだ。

入ってくる商品数が少ないため、ふらっと店に行って「買える商品が並んでいる」という状況は奇跡に近い。ではどう買うのか。正規店はウェイティングリストを用意していることが多い。「このモデルがほしいです」と希望を出して、待ち列に並ぶのである。人気モデルなら3年から5年待つのは普通で、10年近く待つ人もいるという。商品がいつ入ってくるか分からないし、他に何人並んでいるかも分からない。だが、私にできることは一つだけ、軍資金を握りしめ、ただひたすら「待つ」ことだ。

「ノーチラスを手に入れる戦い」などと大きなことを言ったわりに、待つだけかよ、と思う人もいるだろう。だが何もせずに待つというのは、案外つらいものなのだ。街ゆく人の腕時計がやたらと気になる。電車のつり革をつかむくたびれたサラリーマンの腕に、ノーチラスの初期モデルがはまっていたときは、思わず話しかけたくなった（自重して話しかけはしなかった）。六本木にいた外国人観光客が金無垢でダイヤもりもりのレディースノーチラスをつけていて、目で追ってしまったこともある。

ある日のこと、銀座のバーで談笑していると、60歳くらいの身なりのいい男性が入ってきた。その男は、私の顔を見るなり「君の本、読んだよ！　つまらなかった！　面白いのは最初の30ページだけ。ひどいね、あれは。なんであんなのが売れるのか分からない」と言い放った。どうも、バーのママの勧めに従って私の本を読んでみたものの、彼にはいまいち刺さらなかったようだ。それにしても、歩くアンチレビューのようなおじさんの出現に、私の心は凍りついた。つまらなかったとしても、初対面の著者本人に伝えなくてもいいじゃないか。しかしその男は続けた。「他の人はチヤホヤしてくれるかもしれないけど、俺はこういうの、正直に言っちゃうタイプだから」

「うっるせーよ！」と言いかけたそのとき、男の腕に光り輝く時計が見えた。「あっ、ノーチラスじゃないですか！」思わず口にしていた。「うっわ、しかも5711。ほしかったやつだ」

ロンドンで見たのとまったく同じモデルだ。目の前のおじさんは大変憎たらしいが、つけている時計は最高である。向こうも嬉しそうに「もう生産終了したから手に入らないよ。俺はウェイティングで何年も待って手に入れたけどね」と時計談義に入っていく。くそ、くそう……と心の中で歯ぎしりした。

本当に不思議なことだが、くそウザいやつにかぎって、時計の趣味だけは良かったりする。私が20代半ばの頃に参加した地獄のような合コンで、相手の男が腕時計を外して、女の子たちに回し始めたことがある。「これ、200万くらいした。限定モデル」。突然始まった時計自慢に、女の子たちは「はあ、すごいですね」としか言いようがない。だが時計好きの私としては歯ぎしりしたくなる思いだった。男が見せてきたのは、ウブロのクラシック・フュージョンのジーンズモデルで、確かに良い時計だった。元野球部でやんちゃな雰囲気のあるその男にもよく似合っていた。性格は最悪なのに、時計の趣味だけはいいのだ。

私はその時計についてコメントしたい気持ちと、コメントすると褒め言葉になってしまうから、この男を絶対に褒めたくないという気持ちとのせめぎ合いで、「あーはい、良い時計ですね」としか言えなかった。向こうもこちらが時計ガチ勢だとは想像もしていないだろう。私はそのとき、オメガのデ・ヴィル（エバーローズゴールドとスティールのコンビの時計）をつけていた。どこでもつけられて上品で、かなり気に入っていたが、目の前の男に対抗できるほどのインパクトはない。

そもそも、高級腕時計というジャンルにおいて、女性は舐められているのではと思うことが多々ある。女はムーブメントになんか興味がないだろう。とりあえず薄型にしておいて、ダイヤを散らして、貴金属でキラキラさせときゃいいだろう、という開発者の声（私の妄想だが）が聞こえてきそうなときもある。

メンズモデルでは機械式なのに、同じデザインのレディースモデルはクオーツでつくっているのを見ると、「いや、もっと頑張れよ！」と言いたくなる。決して、クオーツ時計が悪いわけではないが、男女の扱いの差が気になるのだ。男性用の高級腕時計では「薄型モデルなのでクオーツにしました」とはならない気がする。頑張って薄型モデル用のムーブメントを開発するのではないだろうか。レディースモデルに搭載する薄型小型のムーブメント開発も、諦めずに、技術の限界に挑戦してほしい（というのが個人的な願いだ）。歴史的に見ても、紳士が使っていた懐中時計が婦人用に小型化された結果、世界最初の腕時計（ナポレオンの妹カロリーヌのためにブレゲがつくったもの）にいきついたのではないですか……。

私はややこじらせた時計愛好家なので、ダイヤありのモデルとダイヤなしのモデルが並んでいると、あえてダイヤなしを選んでしまう。「私がほしいのは時計である。時間の分かるブレスレットがほしいわけじゃない！」と、意味不明なことを口にしながら……。

さて、このように、様々な時計保有者との密やかな戦い（独り相撲ともいう）を繰り広げながら、私は待った。そしてある日のこと。見知らぬ番号から電話がかかってきた。「以前、購入のご希望をいただいていたパテック フィリップのノーチラスですが……」

そのときの喜びといったら。「やったー！」とはならず、むしろ無表情のまま、部屋の中をうろうろしてしまった。納品までの数週間、ずっとそわそわしていた。仕事をしているときもふと手をとめて、ノーチラスのことを考えてしまう。『海底二万里』は当然再読した。メーカーのホームページを何度も読み、その哲学や、時計の設計に宿る精神性をかみしめた。

余談ではあるが、デザイン、ケースやブレスレットの構造と素材、中に詰める機構などはすべてつながっていて、一つを優先すると他がゆがむことがある。統一的な理念のもとにつくらないとバランスがとれないわけだ。バランスの悪い時計というのもまた愛おしいものだが……などと考えながら、さらに、時計について語るYouTube動画を2倍速で大量に見て、気を紛らわした。

いよいよ納品日がやってきた。高揚感というよりも「早く解放されたい」という謎のストレスを感じながら、時計店に向かった。実物を見ても意外なほどに心は動かない。淡々と購入手続きをすませて店を出た。心が「スン……ッ」となっていて、なるほどこれが時計好きの男たちが言う賢者タイムというものか、などと考えている自分もいる。

ところが、腕に巻いていると、じわじわとこみ上げるものがある。何度も時計を見てしまう（が、時間を確認しているわけではない）。風呂に入るのに時計を外し、パジャマを着てからまた時計をつける（私は一日のうちほとんどの時間、時計をつけている人間だ）。

時計をつけたまま寝て、朝、起きた。今何時だろうと思って左手を目の前にかざす。自分の腕にノーチラスがはまっていたときの驚きといったら。「ううう……ノーチラスだあ……」と言いながら、ベッドの上でエビのように丸まった。一生懸命仕事をしてきてよかったし、これからもなんとかやっていこうと思えた瞬間だった。

手に入れたノーチラスを夫に見せたら「銀色の時計好きだね～」と言われた。「パテック フィリップのノーチラスを『銀色の時計』呼ばわり?!」と驚いたのだが、ステンレススチール、チタン、ホワイトゴールドなどの時計をざっくりそう認識しているのだろう。一部の時計好き以外の、普通の人たちの認識はそんなものである。

第三章　迷走！　小説修行編

私の脳のつくりについて（前編）

最近自分について大きな発見をした。ごく個人的な話だが、きっと誰かの役に立つと思うので書いておこうと思う。

小さい頃から、自分は他の人と脳のつくりが違うらしい、とは思っていた。物心ついて以来、変な惑星に降り立った宇宙人のような感覚でいた。集団行動やルールを守ることが苦手で、同じ時間に同じことをするのが大変な苦痛だった。先生の話をじっと座って聞いているのはすごくつらかった。貧乏ゆすりやペン回し、手遊びが多く、母にはいつも怒られた。気まぐれで思い立ったらすぐ行動してしまう（そういうときは他のことは考えられない）。泣いたり怒ったりしていたのに、5秒後には鼻歌を歌ってへらへらしている。そんな私の様子に母はいつも腹が立ったらしい。「どうして我慢できないの？　周りとうまくできないの？

あなたが自分をちょっとだけ抑えて、周りに合わせられるようになるなら、私は死んでもいい」と母に泣かれたことがある。

納得できないルールを守ったり、周りと歩調を合わせたり、つまらない話を聞いたりするのは誰でも嫌なはずだ。毎朝起きて学校に行って、同じ方向を向いて座っているなんて、すごく馬鹿らしいことではないか。でも他のみんなは我慢してやっている。みんな本当に我慢強くて勤勉だなあ、ひるがえって自分は、だらしなくて根性のない人間だなあ、と思っていた。

周りからも宇宙人扱いされていたと思うが、友達付き合いで揉めることはなかった。「ちょっと変な子」というポジションに収まってしまったので、いじめられることもなく、かといって親密な関係性を築くこともなく、結構平和に過ごした。ただ、集団の規律を乱すので、学校の先生には嫌われていたと思う。

当時から、勉強はよくできた。周りから浮いているのは、年齢のわりに知能が高いためではないか。知能が高い集団に行けば、過ごしやすくなるのではないかと推測していた。

ところが、進学校と言われる高校に行き、大学に行っても、状況はあまり変わらなかった。周りの子たちとはなんだか馴染めないというか、一線があるというか。彼ら彼女らが何を考えているのか、よく分からなかった。共感性は高いほうなので、喜怒哀楽は分かる。けれども、根本的に何かが違う気がして、距離が近くならないのだ。

ちなみに、私と仲良くしてくれるのは、頑張り屋さんで面倒見のいい長女タイプの子が多い。一緒にディズニーランドに行ったとき、友達が私のぶんの防寒着まで持ってきてくれたのには驚いた。雨具や防寒具を用意するのが苦手で、暑すぎたり寒すぎたりする格好をしてしまうのも私の特徴である。

年齢が長じても、だらしない部分はあまり変わらなかった。

集合時間より5分か10分遅れてしまうことが多い。そもそも約束を忘れていたり、1日日程を間違えたり、集合場所を間違えたりすることもある。予定を詰め込みすぎてパンクしてしまう。部屋の片付けができない（一人暮らしを始めた時、片付かない部屋にパニックになって泣きながら母に電話し、片付けに来てほしいと頼んだことがある）。物はなくさないが、どこにいったか分からなくなることはある（それをなくしたと、人は言うのかもしれない）。

書類作成や事務作業がとても苦手で、ケアレスミスが多い。これは弁護士として働き始めてから致命的だった。契約書の空欄を埋めなくてはならないのに、空欄のままにしてしまったり、誤字脱字が多かったり、書式を崩してしまったり、書類をなくしたり、ありとあらゆるミスをした。上司から「プロとしての自覚が足りない」と怒られた。私も反省して、気をつけようとするのだが、どうしてもミスをしてしまう。周りのみんなは本当に事務処理能力が高いなあ、自分はどうしてこれほどまでに事務作業ができないのだろうと悩んだ。ちなみに、大学で法律を学ぶのは好きだった。法律のことは分かっているのに、事務作業が苦手すぎて、法律家の仕事には向いていなかった。

小説家になってからも、〆切がどうしても守れなくて困っていた。お話のアイデアはどんどん浮かび、色んな版元の編集者さんと「書きます！」と約束してしまう。ただスケジューリングが苦手なので、「いつなら書けますか？　どのくらいかかりますか？」という質問に、的確に答えられない。だいたいの勘で「○月頃なら」と答えているのだが、多くの場合、見込みが甘く、想定以上の時間がかかる。結局間に合わずに迷惑をかけてしまう。とはいえ、〆切が差し迫ってくると、一生懸命原稿を書くので、原稿自体はできあがる。ただ、必ず2〜3日〆切を過ぎてしまうのだ（実はこのエッセイの原稿も、〆切の2日後に書いている）。すべての〆切について2〜3日遅れてしまうので、すべてを2〜3日前倒しにすれば万事解決なのだが、なぜかそれができない。すべての約束に5分ずつ遅れてしまう自分の遅刻癖の〆切版である。

自分は本当にだらしないなあと思い、落ち込んでいた。もともと毎日同じ時間に同じ場所に行くのが苦手なので、会社勤めはできない。小説家として生きていくしかないのに、小説家の仕事もうまく回せないとなると、死活問題である。「受ける仕事を減らせばいいのでは？」とよく言われるのだが、そもそも、スケジューリングがおよそできないので、どこまで減らせば適量かすら分からない。「スケジューリングの仕方を学び、周りに迷惑をかけない仕事の進め方をする」

というのが目下の課題で、インターネットで調べたり、書籍を読んだりして、解決法を探っていた。

そして、ふと、気づいた。というか、ここまで読んだ読者の皆さんはすでに気づいているかもしれない。だが私にとっては青天の霹靂というか、思いもしなかったのだが――。

私はＡＤＨＤ（注意欠如・多動性障害）なのではないか？

一度気づくと、確信した。

ＡＤＨＤの特徴やチェックリストを見ると、ほぼすべて当てはまる。自分の生活がのぞかれているのかというくらいの再現度だ。本来ならば、医療機関にかかって診断してもらったほうがいいのだが、診断名が不要なくらい、確信を持って特性が一致した。チェックリストを夫にも見せたが、「これ、まんま君だね」と言われた。

なるほど、私は発達障害だったのか。そう考えると、これまでの生きづらさに説明がつく。自分としては、雷に打たれたような発見だった。

さて、自分の特性に気づいてからのほうが大事なのだが、長くなってしまったので今回はここまで。次回に続きます！

実は、ある人との対談で、「新川さんの描いている、このキャラクターは発達障害では？」と指摘されたのが発見のきっかけだ。言われた瞬間は、思いもしない指摘にややムッとしたのだが、改めて調べてみると、発達障害者の特徴は私にそのまま当てはまった。発達障害のキャラクターとして意識して描いたわけではなかったが、作者自身の認知の癖や行動の傾向が、知らず知らずのうちに反映されていたのだろう。

私の脳のつくりについて（後編）

前回のエッセイでは、〆切が守れないことに悩み、原因を探った結果、「自分はＡＤＨＤ（注意欠如・多動性障害）では」と思うに至った経緯を記した。

ＡＤＨＤとは、多動性や衝動性、注意欠如を特徴とする発達障害で、生活にさまざまな困難をきたす状態をいう。人口の20人から25人に一人が該当するという調査もあり、意外に身近なものである。脳の前頭葉の働きが弱いのが原因だと考えられており、知能には影響しない。

ＡＤＨＤに関する書籍を読むにつれ、幼少期のさまざまなことを思い出した。前回のエッセイで紹介したエピソードもそのごく一部である。

特に困っていなかったので気にしていなかったのだが、私の場合、衝動性の高さが際立っている。比較的大きな決断でも即決即断で、決めたらすぐに動いてしまう。４年間で転職を3回している。たった2週間で辞めた会社もある。3年付き合っていた恋人について、朝起きた瞬間に「あ、結婚したいわ」と気づき、彼を起こしてその場でプロポーズした。衝動的な買い物も多い。全く予定になかったのに、ふらっと出かけた先で４００万円くらい使ってしまう。

普通の人の感覚からはだいぶズレているのだが、私自身は特に困っていない。お金はあれば使うがなければ使わないし、基本的によく稼ぐので、ある程度使っても投資や貯蓄用のお金が残る。突然転職したり、旅行に出かけたりもするが、私自身はストレスを感じていない。近くで見ている家族にとっては心臓に悪いと思う。だが家族のほうも慣れているので、私が突然プロ雀士になったり、作家デビューしたりしても、あまり驚かれなかった。

これほどまでに特徴が当てはまるのに、これまでＡＤＨＤを疑ったことすらなかったのは、おそらく三つの理由がある。

第一に、それほど多動性が高くなかったからだ。ＡＤＨＤというと、教室でじっとしていられずに動き回る多動性起因の症状のイメージが強かった（男性に強く出る傾向らしい）。自分はそこまでの多動性がなかったので、ＡＤＨＤだと疑うこともなく、チェックリストを見たこともなかった。ただ実際にはおそらく、一般の人よりは多動性がある。じっと椅子に座っているのは苦手で、ぐったり疲れてしまう。小説を書くときもベッドに横になって、絶えず寝返りを打ちながら書いている。

第二に、知能には特に問題がなく、むしろやや高いほうだったからだ。幼少期に周囲と馴染めないのは、知能に差があって話が合わないのかな、と解釈していた。だが、高校、大学と進学して、就職してからも同様の違和感が続いていることから明らかなとおり、知能は問題ではない。

第三に、共感力やコミュニケーション能力には問題がなかったからだ。聞く力や理解力もあり、その場の文脈や不文律を読み取ることができた。メタ認知も発達しており、どういう動きをしたら、他人にどう思われるかというのも分かっていた。そのため、対人関係でトラブルを抱えることは少なかった（私に呆れて、黙って離れていった人はいると思うが）。

これまで生きづらさをずっと感じていた。なんで普通にできないんだろう。みんなはどうしてあんなに我慢強くて勤勉なんだろう。私はどうしてこうもだらしないのだろう。ＡＤＨＤという一つの答えを知って、「なるほど！　脳のつくりが変だと思っていたけど、やっぱりそうだったか！」と納得すると同時に、救われた思いだった。

本来こういった話は、医療機関や専門家に相談をして診断名をもらい、色々心の整理をつけてから書くのだろうけど、ハッと気づいて、すぐに書いてしまうあたりが、まさに衝動性の表れである。

これまで、自分のだらしなさを他人に見せないように、色々と工夫をしながら暮らしていた。

例えば、部屋の片付けができず、物をなくしやすいので、いっそのこと物をぐっと少なくすることにした。物が少なければ整理整頓せずとも乱雑にならないし、物をなくすことがない。

スケジュールアプリを使って、予定を管理し、事前にアラームが鳴るようにしている。それでも、講談社に行くはずが新潮社に行ってしまったり、逆方向の電車に乗って全然違う場所に来てしまったりといった凡ミスは発生するのだが。

細かい工夫を重ねることで、なんとか社会生活を送っている。

今回、ＡＤＨＤという視点を得たことで、自分の傾向を統合的に理解できたのがよかった。

診断名に興味はないため、「私って本当にＡＤＨＤなのでしょうか？」といった悩み方はしていない。自分の特性とどう付き合っていくかという話にすぎない。

希望も見えた。これが脳機能の問題だとしたら、医療機関や専門家に相談すれば、さらに改善することが可能かもしれない。これまでは「問題－対策」をいくつも自力で考えていた。だが、同じ問題に過去多くの人が悩んでいるとしたら、「問題－対策」のサンプルがたくさんあるだろう。そういったサンプルに触れることで、改善の展望が開ける。

ちなみに私は精神的にピンピンしているが、半年ほど前からメンタルクリニックにかかり、月に1回のカウンセリングを受けている。というのも、作家にとってのメンタルは野球選手にとっての肩みたいなもので、壊してしまうと活動できなくなるからだ。登板すればするほど肩を壊しやすいように、作品を書けば書くほどメンタルを壊しやすい。壊れてから治すのは非常に時間がかかる。だからこそ、壊れる前から定期的に専門家にチェックしてもらうことにしている（余談だが、デビューしたての作家さんに何かアドバイスをするとしたら、「税理士をつけることと、月に1回カウンセリングを受けること」を勧めたい）。

そういった経緯で、かかりつけの先生がいるので、次回のカウンセリング時にはＡＤＨＤについても相談してみようと思う。

なお、念のため付言しておく。こういうエッセイを書くと、必ずと言っていいほど「新川帆立、ＡＤＨＤであることを告白」と称されたり、「ＡＤＨＤとの付き合い方についてお話を聞かせてください」と取材依頼が入ったりするのだが、本当にやめてほしい。

「新川帆立、人見知りであることを告白」と言いますか？　私の脳のつくりは私の性格そのものである。性格と折り合いをつけて生きていくという、みんながやっていることを私もやっているだけだ。そういう意味で「障害」や「障害者」という言い方はピンとこない。

それでもこうやってエッセイを書くのは、同じような悩みを抱えている誰かのためである。ささやかな一例にすぎないが、こういう人もいるんだと安心してほしい。

このエッセイをウェブで公開したあと、複数の人に「実は私もなんです……」と声をかけられた。隠れキリシタン同士が目配せしあうような連帯感があって、心強かった。

“普通の人”体験記

以前このエッセイ連載で、自分がADHDだと気づいた経緯について書いたと思う。その後、病院に通い、治療薬を処方してもらった。個別の症状や体質、生活環境によって最適な治療方法は異なるようだし、薬が効くかどうかは個人差が大きいという。同じ薬を使用したことのある知人から副作用が強かったという話や、むしろ仕事の生産性が落ちたという話も聞いていたので、少しドキドキしながら服薬することになった。

結論から言って、治療薬は私の身体に合っていたようだ。朝飲んで、数時間後には効き目が表れた。いつもは昼頃になると強烈な眠気におそわれるのだが、それがない。気持ちがフラットで落ち着いている。昼すぎまで原稿を書き、ふと手をとめて驚いた。視界がはっきりしていて、目がよく見えるのだ。

実際の視力が良くなったわけではないはずだが、写真にビビッドなフィルターをかけたときのように、世界が立体感を帯びて見える。物の輪郭、陰影がくっきりしている。書かれている文字や模様も鮮明に見える。「え！　世の中の人って、こういう世界を見ていたの？」と驚いた。

例えば、街を歩いていて、看板や標識の文字が読める。あまりに感動して、夫に「街にある看板って読めるものなの？」と訊いたら、何を言っているんだという顔で「読めるよ」と言われた。

これまでの私は、目が文字の上をすべり、一生懸命注意を向けて読もうとすれば読めるという感じだった。だから散歩中に目に入る看板などは、一つずつ「読もう」と思わないと読めない。外国語で書かれた文章を読むのと同じような感覚かもしれない（読もうと思えば読めるけど、パッと目に入ってきても分からない、というような）。案内や事務文書を読むには相当な集中力が必要だったから、事務作業は苦手だった。注意書きはよく見落とした。

目の前に今書きたい原稿があると、他の仕事に手をつけることは困難だった。だからスケジュール通りに仕事を進めることは難しく、〆切も破りがちになる。つまらない本は1ページも読めない。興味のない話は右耳から左耳に流れていく。

でもこれが普通だと思っていた。みんな同じような状況だけど、心がけや意思の力で「きちんと暮らしている」のだと思っていた。自分以外の「みんな」は、つまらない話にも耳を傾け、面倒な事務作業をこなし、相手のスピードに合わせて会話をしている。なんて我慢強いのだろうといつも感心していた。心のどこかが私よりも鍛えられていて、それはいわゆる「美徳」や「美点」ともいうべきものなのだろう、と。他方で私は、気が散ってばかりで関心のあることにしか集中できない。自分はわがままで怠惰な根性なしだと思っていた。

しかしいざ薬を飲んでみると、私も人の話をよく聞くことができた。ゆっくり話すことができる。物事に優先順位をつけることができる。日常が穏やかに過ぎていく。「もしかして、みんなこの状態がスタートラインなの？」という驚きがあった。まさに私は、目に見えない障害を抱えて、人とは違うスタートラインに立っていたのだと気づかされた。

法律事務所で働いているとき、事務作業ができなくてよく怒られた。最先端の法律論を調べたり、新しい法的枠組みをつくったり、クライアントの相手をしたりするのは得意だったのだが、作成する文書に誤字や抜け漏れが多い。上司から「形式的なところができないのはプロとしての意識が足りない証拠だ」と叱咤《しった》され、途方に暮れたこともある。おそらくその上司の頭の中では、「形式面を整える作業は努力さえすれば誰でもできる」という理解があったのだろう。だが、どんなに頑張っても人並みの事務作業ができない人もいる。

私の場合、知的能力は高めであるというのが事態をややこしくしていた。頭は論理的にできているし、理路整然と話すことができる。小難しい議論も理解できることが多い。だから一見、「デキる人」に見える。それなのに、初歩的な事務作業ができていない。第三者の目には「本当はできるはずなのに、面倒なことをサボっている人」「相手を舐めている人」「わがままな人」と映るだろう。周囲からのそういう視線は感じていたし、自分でも自分のことを「能力があっても徳がない人間だな」と思っていた。それが大きなコンプレックスだったからこそ、どうせ自分は性格が悪いのだからとあえて偽悪的に振る舞ってみたり、「こんな自分を好きになるなんてどうかしてる」と、自分を好いてくれる人間を見下してしまったり、二次的な対人恐怖を引き起こしていたと思う。

だが薬を飲んで、〝普通の人〟の世界を体験してみると、ひるがえって、今まで自分がおかれていた状況がよく理解できた。たとえていえば、これまでの私は

「視力の悪い人がブレーキの壊れた車に乗っているような状態」だったと思う。だからこそ物凄いスピードで思い切ったことにチャレンジできた一方、周りを見ろと言われても見えないし、我慢しろと言われてもとまれない。眼鏡をかけて、ブレーキがついた状態を体験してみると、我慢しようと強く思わなくても、普通に我慢できる。周りを見回せば、ちゃんと見える。

より科学的な話をすると、脳の神経伝達物質の伝達が悪いために、周囲に適切な注意を払うことができず、物事に優先順位をつけられず、目の前の欲求や衝動を抑えることができない。薬を飲んで、神経伝達物質の伝達が改善すれば、これらの症状は抑えられる。このメカニズムを体感して感動したのだが、ふと立ちどまって考えると、薬一つで人間の性格が変わることの空恐ろしさも感じる。

近代以降、人間には身体とは独立した精神があり、理性があり、意思の力によって自己を律することが可能だと信じられるようになった。そして、自由意思の存在を前提としてはじめて、自己責任論が妥当するようになる。

だが人間の意思というのも結局は脳の作用である。とすると、意思は脳、もっといえば身体によって規定されてしまうのではないか。コツコツ努力できるかどうかは脳の報酬系の問題だ。報酬系の働きが生まれつき弱い人を「努力不足」という「自己責任」で断じることができるのか。私たちは持って生まれた身体で仕方なく生きていくしかない。社会的にも生物的にもとことん不自由な存在であり、一見自由に見える「意思」の在り方にすら身体性が侵入してくる。

私の知能が高いのは私のおかげではないし、不注意なのは私のせいではない。そういうふうに生まれついたから、そういうふうに生きていくしかなかっただけだ。もちろん、環境や人との関わりにより、同じ素質を持った人が異なる道を歩むことはあるだろう。だが、環境を変えたり、人と関わったりする際の「意思」にも身体性が影響するとなると、これはもう逃げ場のない「不自由」である。どうしようもない閉塞感を前にして絶望を感じる。だから私は小説を書いているのだと思う。

私は常々、「こうとしか生きられない人間の、その生きざまを書きたい」と話しているが、別の言葉でいえば「人間の不自由を描く」ということだ。どうしようもない現実を前にして、そのどうしようもなさを書くことが私にとっての一番のセラピーであり、治療である。そうしてできた作品が、様々な「どうしようもなさ」を持て余している人たちのもとに届き、ある種の癒しと救済を共有できるなら、私自身、厄介な性質を抱えて生まれてきた甲斐があったと思う。

ちなみに、薬を飲んでいると、退屈がそれほど苦痛でない。「退屈は死」だと思っていた私にとって、これは何よりも驚きだった。薬が効いているあいだ、淡々と丁寧に作業を進めることはできるが、発想力は落ちる。元の散漫な脳みそも、創作の役には立っていたようだ。

作家の日本語勉強法

作家をしていると、「文章が読みやすい」とか「下手」とか、様々なことを言われる。実際、文章の上手下手はひとつの物差しで測れるものではなく、人によって受け止め方に幅がある。

私がびっくりしたのは、ある著書のAmazonレビューで「文章が下手！　東野圭吾とか、赤川次郎みたい」と書かれたことだ。これを見たときは腰を抜かすかと思った。けなしたいのか褒めたいのか分からないコメントだ（けなしたいのだろうけど……）。

まず声を大にして言いたいのは、東野圭吾さんも赤川次郎さんも、めちゃくちゃ文章がうまいということだ。というか、うますぎて、もしかするとうまさが一見分からないくらい、本当にうまい。

ただ人には好みがあるので、ごつごつとした重厚な文体が好きな人もいる。さらさらと流れていくような文体は軽すぎてその人の好みではなかったのだろう。

言い訳をするようだが、私は注意力が散漫で、誤字脱字が非常に多い。読者さんから誤植の指摘を受けて赤面することもしばしばだ。だから文章力云々を語るスタートラインにも立っていないかもしれない。という前提で、しかしあえて、こだわっているところを語ると、日本語の文法をきちんとふまえて文章を書こうと思っている。

これはアマチュア時代に師事していたある元編集者さんの影響が強い。「文章力を上げたいのだがどうすればいいか」と相談したら、「まず、中学レベルの国語文法をおさらいしなさい」と言われた。「ドリルか何か解いてみるといいよ」と。「正しい日本語で書く。それが小説の基本」と口を酸っぱくして言われた。

私の日本語の学び直しはそこから始まった。英語圏に住んでいても英語を勉強する気が起きなかったのはこのためである。英語を学んでいる時間があったら、そのぶん、日本語を学ぶ必要があると思ったのだ。

とりあえず、くもん出版が出している中学国語文法のドリルを買ってきて解いてみる。ただ日本語が母国語だと、あまり文法を意識せずともなんとなく解けてしまうところもある。そこで、一旦外国語を学ぶように、日本語文法をインストールし直すことにした。

様々な本に目を通したが、まず一番に勧めたいのは、橋本陽介『「文」とは何か愉しい日本語文法のはなし』（光文社新書）だ。橋本さんの著書はどれも参考になるのだが、この本は特に助詞の使い方「て・に・を・は」から解説があり、改めて日本語の基礎的な作動方法を学ぶことができた。

もちろんあえて文法を外すこともあるし、正しい日本語である必要もない。ただ、作者が「文法を理解している」ことは大事だと思う。知ったうえであえて外すなら自由だ。

それは例えば、歌手が正確な音程をとれるのと同じで、基礎的な力だと思う。ライブなどでは自由に歌えばいいのだろうが、基礎的な音感があったうえでのことだ。

日本語文法をふまえたうえで、それでは読みやすい文章を書くにはどうしたらいいか。最も参考になったのは、本多勝一『日本語の作文技術』（朝日文庫）だ。有名な本なので既読の人も多いかもしれない。読みやすい語順と読点の打ち方が論理的に説明されているので、「弁護士文章」を直すのに役立った。同様の内容で古典的な名著としては岩淵悦太郎『悪文』（日本評論社）もあるが、まずは本多さんの著作から入ると理解が早いと思う。

さらにそのうえで、小説としてどういう文章がいいのかという問題がある。これは様々な作家がノウハウ本を出している。ただ、文章について書いているのは純文学で活躍されている作家さんが多いので、エンタメ小説としての「いい文章」に理解が及んでいないと感じることも多々ある。エンタメ小説のために一番参考になったのはスティーヴン・キング『書くことについて』（小学館文庫、田村義進訳）だ。とても勉強になる文章読本でありながら、なぜだかほろりと感動させられる。さすがキング、レジェンドである。

文章については本当にいつも考えている。

正解がないから難しいのだが、自分なりにしっくりくる方向性はある。私がすごく共感するのは井上ひさしさんだ。何冊も文章指南本を出しているが、「自分にしか書けないことを、誰が読んでも分かるように書く」大切さを繰り返し教えてくれる。

例えば、人は日常的に大和言葉と漢語と外来語を使い分けている。井上さんは舞台の言葉は大和言葉で書くことにしているらしい。漢語を並べたセリフだと、短い文字に意味が詰まりすぎているため、お客さんが聞いて考えているうちに次のセリフに移ってしまう。

これは大変面白い視点で、小説でも参考になる。文章も、読むスピードと理解するスピードが一致したほうが読みやすい。新聞記事のように短い文章に多くの内容が詰まっていると、視線がぎこちなく止まり、３００ページを超えるような長い物語には適さないからだ（途中で読者が疲れてしまう）。

毎日執筆して、繰り返し自分の文章を読んでいると、自分の文章に嫌気がさして、ゲラ確認でもあまり読みたくないと感じることがある。他の作家さんに話すと、「分かる！　そろそろ他の人の文章を読みたいって思うよね」と賛同を得られることもあるし、「読み直しても、俺の書いた小説、おもしれーとしか思わない」という反応もあった。私の場合は、これからも日本語に悩み続ける（そして学び続ける）ことになるだろうと思う。

ちなみに私は「言葉帳」をつくっている。本を読んでいて知らない言葉や知っていていても自分で使えない言葉を見つけると、メモしておいて、あとで必ず辞書を引くことにしている。言葉と用例をノートに書きつけてストックしてある。たまにノートを見返して、反復学習する。外国語を学ぶように日本語を学ばないと、たどりつけない言語表現の域があるように思うからだ。

アンチレビュー選手権

アンチレビューというものをご存じだろうか。Amazonや読書メーターといったレビュー機能のあるサイトや、各種ＳＮＳに書き込まれた、過度に否定的なコメントを指す。アンチレビューとの戦いは、商業作家をやるうえでは避けて通れない。

どんな作品にもマイナス評価はつく。試しに、自分が一番好きな作品、名作だと思う作品をAmazonで検索して、レビュー欄を見てみてほしい。星一つのレビューを読むと「この作品、そういうふうに感じるの?」「こんな名作をこんな理由で嫌うの?」とびっくりすると思う。

大前提として、読者にはレビューを書く権利がある。だからどんなに酷い内容のレビューでも、明らかな誤読を含むレビューでも、好きに書いていい。本を読んで、感想を書くという一連の行動に時間を使ってくれるだけで、個人的にはとてもありがたく感じる。だからファンだろうとアンチだろうと、今後もどんどんレビューを書いてほしい。

レビュアーというのは立派な表現者である。レビューも一つの創作物だ。当然、出来不出来があるのだが、特に、批判的なレビューは舌鋒鋭く熱がこもっているため、「名レビュー」を生みやすい。これまで私が目にしてきた批判的なレビューの中でも特に面白いものをいくつか抜粋してみようと思う。

批判的なレビューがつきがちな局面は三つある。①デビュー直後、②作品がヒットしたとき、③ジャンルを越境したとき、である。

まず「①デビュー直後」。一番批判的なレビューがつきやすいのがデビュー作である。それもそのはず、新人だから実力が不足しており、叩こうと思えばいくらでも叩ける。

私の場合も、デビュー直後についたレビューには、酷評が多かった。

「文章が稚拙」「日本語がひどい」「ミステリー好きには勧められない」「著者のミステリー愛を感じない」「このレベルで出版してはだめ」「コンテストの格を自ら下げている」などなど。

一つ一つのレビューについては「その通りでございます。本当にすみません。精進します」としか言いようがない。

ただ面白いのはここからだ。

私のデビュー作についた批判的レビューとほとんど同じ内容が、他の作家さんたちのデビュー作にも書かれているのだ。
「文章力が中学生レベル」「これは××ではない（××にはミステリー、ホラー、SF、ファンタジー等のジャンルが入る）」「この作品に○○賞を与えるなんて、○○賞はもう終わりだ」など。作風やジャンルが異なる作品であっても、本当に金太郎飴のように同じ表現で、文章力をけなし、ジャンル小説として評価しない宣言をし、新人賞の行く末を心配しているのだから面白い。

そしてデビュー作につく定型的レビューからはみ出たところにこそ、味わい深いレビューがある。

「高学歴女子はメンヘラ」「テレビで作者を見たけど、わがままな人だった」「この人がどうして司法試験に合格されたのかすごく不思議です」等の作者批判系。「審査員との癒着がある」「盗作である」といった根も葉もない噂系。「大賞受賞は出来レース」「経歴で賞をとった」「顔で賞をとった」といった陰謀論系。

想像を超えてくる内容だったので、最初に見たときは衝撃とともに、ちょっと笑ってしまった。

これらの非定型批判レビューは、さすがに「アンチレビュー」と認定していいと思う。様々なバリエーションがあるが、いずれもドロドロとした怨念が感じられる仕上がりになっているのが特徴だ。

世の中には作家になりたい人、あるいは作家という職業に漠然とした理想を抱いている人が案外多くいる。そういう人たちにとって、ちょっと前までアマチュアだった人間が一端の作家然とした顔をし始めると、腹が立ってたまらないようだ。そのため、デビューしたての新人作家は叩かれやすい。

私自身は、他人に対して嫉妬を抱かないタイプなので、こういったドロドロとした感情に触れて大変勉強になった。デビュー後2作目では、ひがみっぽい女の子を主人公に据えたのだが、その際、自著についたアンチレビューの傾向を参考にして人物造形をしたほどだ。

そして次に批判的レビューがつきやすいのが、「②作品がヒットしたとき」。

本来届くはずのない客層に届いて初めて「合わなかった」人たちから強烈な批

判を受ける。また作品が映像化すると、普段本を読まない人たちにも届く。そうすると、面白いコメントが多くつくようになる。

例えば「ドラマオリジナルのキャラクターが原作に出てこなかった」「ドラマとお話が違った」といった理由で星一つをつけるもの。ドラマができるずっと前に原作は書かれているので、こればかりは作者としてはどうしようもない。

あとよくあるのが「難しすぎる」「最後まで読めなかった」というようなレビューだ。また、作品に描かれている客観的内容とは異なるあらすじを読み取ってレビューを書いているものもある。作者からすると、「どうしたらそう読めるの？」と大きな衝撃を受けることになる。

とはいえこれらは、率直な感想を書いてくれているだけだから、アンチレビューというわけではないだろう。「世の中にはいろんな人がいる」という当たり前のことに気づかせてくれる貴重な機会だ。

そして「③ジャンルを越境したとき」。

これは先日、ＳＦ短編集を刊行して体験したばかりだ。軽めのリーガルミステリーでデビューしたので、そのイメージが強いためだろう。いきなりSFがきて、面食らった読者さんが多かったようだ。「難しい」「作者は変わってしまった」「思っていたのと違う」と戸惑いの声が上がっている。

「ミステリー要素が弱い」「リーガルミステリーではない」と怒りの声も聞かれた。帯には「リーガルSF」と書かれており、ミステリーとして書いたおぼえはないから当然である。最近、SF出身の作家さんがミステリーを書いて「SF要素がなかった」と怒りのレビューがついたという話を聞いて、なるほど逆もさりなん、と思った。

さらに、ジャンル越境をすると、越境先のジャンルファンからも厳しい目線が向けられる。「ミステリーとしてなら読めるが、SFではない」「SF要素は弱い」等々。これはさすがジャンルファン、おっしゃる通りという内容のレビューが多くて、大変勉強になった。ジャンルファンに怒られながら作家は強くなるという側面がある。小さい頃からSFは好きなので、さらに試行錯誤しつつ、めげずに書いていこうと思っている。

以上、どのような印象だっただろうか。

アンチレビューと呼ばれる悪質なものはごく一部で、多くのレビューは真面目に作品を批判しているだけである。読者さんからすると、「なあんだ、大したことないじゃない」「作家なんだから書かれて当然」と思うかもしれない。だが書かれる側からすると、心臓をぎゅっとわしづかみにされるような苦痛を伴うものだということも知ってもらいたい。

けれどもそれも、本を何冊か出してくるうちに慣れてくる。

最近は批判的なレビューを見ると、むしろ少し嬉しくなる。小説、文芸というジャンルを愛する人たちがまだまだいるのだなと思うからだ。愛するものだからこそ、要求水準に達していないと腹が立つ。そりゃそうだろうと思う。私自身、自分の作品に満足しているわけではない。不完全でもいいから何か書きたいという創作意欲が人より強くあり、さらに蛮勇で厚顔無恥な性格が相まって、書き手に回っているだけだ。

だから読者さんたちには、もう少し待っていてね、と思う。やっているうちにうまくなりますから。そのうち「この作家ってこんなにうまかったっけ?」と思ってもらえるように、頑張ろうと思っている。

こうして散々文句を言いつつも、レビューがつくのは嬉しいものだ。読者諸氏におかれましては、今後も臆せず、レビューを書いていってほしい。新たなる名レビューの登場を今か今かと楽しみにしている。

遥かなる著者近影

著者近影をご存じだろうか。本のカバーのそでのところにある、あの写真である。

「この本を書いた人は、どんな顔をしているんだろう?」と思ってのぞいてみると、「なるほど、こんな感じか」と思ったり、「全然イメージが違う!」と驚いたりすることがある。

デビュー2年目で、私ほど写真を撮られた作家もいないと思う。ありがたいことに多くの取材依頼をいただき、デビューしてからの1年と半年で、70件以上のインタビューを受けた。そこで毎回不思議なのが、必ずと言っていいほど「写真撮影もお願いします」と言われることだ。私は経験がないが、人から聞いた話だと、「写真撮影・顔出しNGです」と伝えると、インタビュー依頼が撤回されることもあるという。

著者の顔ってそんなに重要ですか？　本を書いている側からすると、はなはだ疑問に思う。

小説を書くと、知らず知らずのうちに書き手の考え方や感じ方がにじみ出る。普段の生活で家族や友人に言えないような本音が込められているといってもいい。だから、私がこれまでの人生で直接会って話したり、関わったりした人よりも、私の本を読んだ読者さんのほうが、私についてより深く正しく知ってくれているのではないかと思う。それなのに、いまさら顔写真を見てもらうことに、何の意味があるのだろう。

顔写真とともにプロフィールを並べられると、動物園に入れられたような居心地の悪さを感じる。動物の前にだって、学名や生態を記した看板がぶら下がっている。あれの人間版だ。看板を流し読みして「へえ、こういう人なんだあ」としたり顔で言う。そういうお前こそどんな人間なのかと訊きたくなる。

ただ、メディア側が顔写真を掲載したがる理由もよく分かる。思った以上に、人は人が好きで、人に興味があるのだ。すべてをつかめないにしても、重要情報として顔を見てみたいというのは、人間の自然な感情なのだろう。

だからこそ、写真撮影を求められたら素直に応じるし、私の顔写真は色んなところに出回っている。

著者近影といえば、1年ほど前の話になるが、出版社から「新しい宣材写真をいただけませんか」と頼まれたことがある。デビューしてまだ1年も経っていない頃だから、デビュー時の写真をそのまま使えばよさそうなものだ。けれども、「もう少し柔らかい雰囲気のものがほしい」とリクエストされた。

宣伝部の意向によると、著者のプロフィールがいかつくて一見すると怖いものの（そうか？）、著者本人はもう少し柔和な性格をしているので（それはそう）、本人の性格が表れている写真を掲載したほうが、読者さんにも親近感を抱いてもらいやすいという。

なるほど確かにと思って、写真を撮ろうと思ったのだが、一つ問題があった。当時私は米国ボストンに住んでいて、手ごろな写真スタジオを知らなかった。

調べてみると、米国では、写真館での撮影というより、フォトグラファーさん個人に頼んで写真を撮ってもらうことが多いようだ。比較的近所で活動しているフォトグラファーさんを見つけ、撮影を依頼した。

事前のＺｏｏｍ打合せではこう説明した。「私は日本の作家であり、女性を応援するような小説を書いている。第一読者層は女性を想定し、その読者さんたちに親近感を抱いてもらえるような、柔らかい雰囲気の写真を撮りたい」と。あえて強調するが、事前にきちんと伝えたのである。だがそのときの私は知らなかった。日本と米国では美意識もノリも違うということを――。

いざ撮影当日、メイクや衣装の段階からやや暗雲は立ち込めていた。実物を見てもらうほうが早いだろう。ごらんください。「柔らかい雰囲気の著者近影」です。

確かに、柔らかそう（衣装の素材が）。驚きましたか？　ちなみにもう1パターンあります。

いやいやいや、さすがに、なんでバカでかいお花をつけているんだろうと焦った。用意された衣装を見たときからおかしいとは思っていたのだが、ノリノリのフォトグラファーを制止するだけの英語力が私にない。

頭の片隅で、「ああこれはもう著者近影には使えない。いつかエッセイに使って供養するしかない」と思い始めた。そしてそのときが今、このエッセイである。

興がノッてきたフォトグラファーが「あなた、これ、絶対に合うわよ！」と、1着の赤いドレスを持ってきた。そして、ハリウッドの撮影でも使っているという強力なライト、謎の煙を出すホースを設置し、パシャリ。これである。

えっ何？　と思ったでしょう。私も思いました。そもそも、「読者さんに親近

感を抱いてもらえるような柔らかい著者近影」はどこにいったのだろう。フォトグラファーは「素晴らしいわ！　赤はあなたの色ね！」と大興奮。それ、黒髪のアジア系女性全員に言ってませんか？　といぶかしみつつ（フォトグラファーはイケイケの白人金髪女性）、すごく褒めてくれるので私もなんだか楽しくなってきた。"Yes, red is my color." とドヤ顔で答えるまでに。

かなりの枚数を撮ったのだが、ふと、1枚も宣材写真に使えるものがないと気づく。慌てて「これはビジネスのための写真撮影だ。仕事で使えるようなものを1枚でもいいから撮らせてくれ」と頼む。「オッケイ、オッケイ、分かった。任せて！」とあくまで明るいフォトグラファー。出来上がったのがこの写真である。

しゅ、出馬ですか……？　大統領選にでも出るのだろうか、という1枚。ＳＦ小説によく出てくる、主人公の女上司みたいである。これほどの圧のある写真を著者近影に使えば、変なＤＭで説教されることも減るかもしれない。

何枚も写真を撮り、納品してもらい、一応出版社にも送った。だがもちろん、著者近影として採用されることはなかった。せめて、このエッセイで供養させていただきたい。もしこの写真を著者近影で使いたいという出版社さん、あるいは店頭拡材で使いたいという書店さんがいらっしゃれば、データをお送りします（きっといない。とほほ……）。

これらの写真を使いたいと申し出る業界関係者はいませんでした。が、このエッセイがウェブで公開されたあと、会う人会う人に「面白かった！」と声をかけていただいたので、よかったです。無事、供養できました……！

急に売れた作家のサバイバル術

日本に一時帰国して、ｎｏｔｅ主催の「ミステリーの書き方」講座でお話をしたり、文学フリマ東京に出店したり、様々なイベントに参加している。自身が参加したイベントについても話しだすと止まらないのだが、今回のトピックは別にある。文学フリマ東京と同日に発売された朱野《あけの》帰子《かえるこ》さんの『急な「売れ」に備える作家のためのサバイバル読本』についてだ。

朱野さんは専業作家になって13年目、2018年に刊行開始した「わたし、定時で帰ります。」シリーズが連続ドラマ化し、シリーズ累計部数は20万部超に至っている。いわゆる「売れた」作家である。だが、急な「売れ」には副作用もあったようで、朱野さんはその後小説を書けない時期が続き、立ち直るのに1年かかったという。急に売れた後、作家にどういうことが起きるのか、朱野さんがそこからどう立ち直ったのか、実体験とともに実践的なアドバイスが詰まった一冊だ。電子版の頒布もあるので、詳細はそちらを見ていただきたい。

私の場合、デビュー作がそのままヒットしたので、作家稼業特有の大変さと、売れたからこその大変さが同時にやってきた。その二つの区別もついていなかったのだが、朱野さんの『サバイバル読本』を拝読して、なるほど、私の苦労は「売れ」がもたらしていたのか、と冷静に分析できるようになった。何が大変だったのか、それをどう乗り切ったのか、自分なりに振り返ってみようと思う。

売れるとまず、超人的に忙しくなる。「ドラマ放送に合わせてシリーズ新刊を」という話になる。私の場合は連続して二つのドラマが決まっていたので、二つのシリーズでそれぞれ新刊を用意する必要があり、通常の2倍忙しかったと思う。けれども、小説を書くのは好きなので、実は執筆スケジュールのきつさはそれほどストレスにならなかった。体力的につらい局面もあったが、もともと体力があるおかげで普通の人なら対応できないことも私は大丈夫だった。

一番つらかったのは、商品として人格ごと消費される感覚と、それに伴う人間不信だ。

デビュー直後から多くの取材を受けた。そのなかで「アラサーの強いキャリア女性として世間に物を申す旗手」という役割を押し付けられそうになる場面もあった。「同世代の女性に一言」「女性としての目標は？」といった質問を投げかけられ、そういった質問への回答を中心に記事が組まれる。自分は小説を書きたくて小説家になっただけで、決して一般的な女性とも思えないのに、どうして働くアラサー女性の代表みたいな顔をしなくてはならないのか。

他方、文芸業界内では、「キャラ立ちした売れるシリーズ物を書く作家」「リーガル系を書ける弁護士作家」「女性ならではの視点を活かした小説を書けそうな作家」という枠で、手っ取り早く売れそうな題材の執筆依頼が相次いだ。実際は打合せの中で少しずつ軌道修正をして、現状では書きたいものを書いている。けれども、実像とは離れた一定の役割を期待されること自体がストレスになる。

自分の身体が切り刻まれ、ビュッフェに並べられているみたいだった。近寄ってくる人は、私を構成する「東大卒」「女性」「弁護士」「アラサー」「映像化」「作家」といった様々な要素のうち、好きなところをピックアップして持ち帰っていく。取引なので当然だが、常に相手には「新川帆立をこう使おう」という思惑がある。他方で私の思惑というか、希望は、「良い小説を書きたい」一点である。相手は私の望むものを決して差し出せないのに、こちらは相手から利用されている感覚があった。なるほど、これが「消費される」ということなのかと思った。

さらに苦しかったのが、この悩みを他の作家さんに話しても、理解されないことも多かったことだ。作品外のことであれこれと引っ張られた経験のある作家（女性が多い気がする）であれば、「分かる！」と言ってもらえる。だがそうでない場合、「売れたからこその悩みでしょ」と一蹴されたり、あるいはむしろ「調子に乗っている」「思い上がっている」と説教されたりする。

あまりに理不尽なことが続いたとき、ふと、思った。こんなに理不尽なことが続くのは、確率論的にも、社会常識的にもおかしい。私の認知が歪んでいるせいで、理不尽でないことも「理不尽だ！」と過剰に反応しているのかもしれない。認知の歪みを矯正する必要があるのではないかと考えて心療内科に行った。

ところが、カウンセリングを何度重ねても、先生は「認知の歪みはありません。正常ですね」と言う。「むしろ、きわめて客観的に、冷静に状況を見ておられます。普通の人だったら色々な方法でごまかして受け止める事柄を、正面から事実のまま見つめてらっしゃるので、よりストレスを感じやすいのだろうと思います」とのこと。

例えば、「俺って天才だから、売れっ子だから、色んな人が寄ってきちゃうんだよねえ。困ったもんだよ」と、一種のナルシズムに浸ることで、こういった荒波を乗り切る人が多いという。実際のところ、それは一種の自信過剰であって自己認知がずれているわけだが、認知を歪めたほうが楽な局面もあるらしい。

あるいは、「あいつは私を嫌っている！」「私は嫌われているから、嫌がらせを受けているんだ」という感じで、過剰に悪役をつくって、自己憐憫《れんびん》に浸るパターンもある。一方的に他人のせいにできるので、精神的には楽な在り方だと思う。

心療内科の先生からは、あえて認知を歪めることで乗り切ってはどうかとアドバイスいただいた。だがこれが、私にはどうしてもできなかった。

色んな人が寄ってくるのは構造的な現象であり、自分の才能云々とは特に関係がない。自分を実際より大きく捉えることはできない。さらに、寄ってくる人の側にも正当な思惑があり、立場が異なるだけで相手が悪者だとは思わない。誰かを悪役に仕立て上げることも私にはできなかった。

とはいえ、真実をまっすぐ見つめるとストレスになると知ったのは大きな収穫だった。そこで、真実を歪めて見るのは難しいものの、真実をぼやかして見ようと思うに至った。ピントの合わない眼鏡をかけるような感覚で、現実をぼんやり捉える。簡単な言葉で言えば「深く考えない」ということである。

相手の失礼な言動に「えっ？」と思っても、それ以上は考えない。考え始めると、相手の思惑が見え、自分の利用価値が見え、こういう仕組みにこのように組み込まれているのだなと構造が見えてしまう。だからもう、考えない。思考を強制的にシャットダウンする。体感的には、頭のねじをゆるめる技術だ。これを覚えてからは生きるのが楽になった。

ぼんやりとした思考で世界をながめると、他人の善意を素直に受け止められるようになる。善意の裏に下心や嫉妬、揶揄、嫌味といった黒い感情が潜んでいるとしても、それは見ないことにしているからだ。社会全体に対して漠然とした感謝の念が湧いてくる。自分と関わってくれる人の良いところが目につくようになる。

振り返ると、多くの編集者さんたちに助けられ、先輩作家たちにアドバイスをいただき、読者さんたちには温かい言葉をかけてもらった。その裏にどういった思惑があったとしても、あるいはなかったとしても、助けてもらった事実は変わらない。物事の表面だけを丹念に見つめて受け取っていくというのも、一つの在り方だなと思うに至った。

このように自己流でなんとか嵐を乗り切ったものの、朱野さんの『急な「売れ」に備える作家のためのサバイバル読本』に触れて、「ああ、こういう思いをしたのは自分だけではなかったのだな」と心の底から安心した。

特に私はコロナ禍、緊急事態宣言下にデビューした。出版社の主催するパーティはのきなみ中止になり、他の作家さんとつながる機会は限定的だった。自分の経験を相対化できるほどの情報も得られず、「こんなに大変な目にあうのは自分がおかしいのか？」と自問自答する日々だった。朱野さんの『サバイバル読本』のように、先人の経験談が公開されることで、救われる人も多いと思う。私の経験も、誰かの役に立つと嬉しい。

理不尽な目にあったとき、特定の誰かを嫌いになることができれば、話

は早い。だが「あの状況におかれたら、人間誰しもそう動くよな」と一般化することで、特定の人を嫌いにならずにすむ。これは一見便利な技術だが、やりすぎると、むしろ人間全体をうっすらと嫌いになってしまう。世界への信頼が失われるので、非常に生きづらくなっていく。「闇落ち」しないためにはやはり、いい意味でアホになるのが大事なのだろうと思う。

量産に至る病

先日、紀伊國屋書店全店で新川帆立フェアが始まった。題して「早く読まなきゃ追いつけない！　新川帆立の現在地」である。ありがたいことにデビューから2年半で9冊の本を出している。デビューしたときには「すごい、全作買って読むね！」と祝ってくれた友達も、今や「ごめん、めっちゃ本が出てるから途中から追いつけなくなった」と音を上げている。ところが、来年はもっと本が出る予定なのだ。追いつくなら今のうちだよ……と内心思っていたところ、さすが紀伊國屋書店さん、私の心の声をキャッチしたのか、まさにその通りのフェア名をつけてくれて感動した。

私は速筆&量産タイプの作家として扱われることが多い。ただ、私の出身賞である『このミステリーがすごい！』大賞の先輩には、生きる伝説のような大量産作家・中山七里《しちり》さんがいる。さらにもう一世代上の先輩作家に目を向けると、出身小説教室の名誉塾長だった森村誠一《せいいち》もすごい量の小説を書いているし、松本清張や西村京太郎、赤川次郎さんなど、量産作家も上を見ればきりがない。だから私程度で量産作家を名乗るのもおこがましいのだが、それはそれとして、事実、「たくさん書きますね」「どんどん本が出ますね」と声をかけられることは多い。

一体私はどうしてそんなに小説を書き、どんどん本を出すのか。正直私自身もよく分からない。いつのまにか小説を書くことになっていて、〆切があるので一生懸命書いて、そうすると原稿が溜まってきて本が出る。謎のサイクルにはまっている。

ただ、思い返してみると、デビュー直後のタイミングで「当面はたくさん小説を書こう」と決めた記憶がある。それにはいくつか理由があった。

第一に、小説は書けば書くほどうまくなるからだ。私はデビューした年齢も若いほうだし、物書きとしてのキャリアも浅い。書けば書くほど上達している手ごたえがあったので、経験を積むという意味でも、仕事は断らず全部やろうと思った。

第二に、出版業界から干される恐怖があったからだ。デビュー直後は新人ブーストがかかっていて、読者からも出版社からも注目してもらいやすい。その時期に何らかの爪痕を残さないと、すぐに新しい人が出てきて、忘れられてしまう。ヒット作を一つ出しただけでは不十分である。同等以上のクオリティの作品を何作も続けて出すことで、出版社からは「継続的に書いていける人」「仕事を頼める人」と思われるし、読者からは「次回作も読もう」と思ってもらえる。

第三に、これは個人的な理由だが、私は頼まれたことを断るのが苦手な人間だからだ。内弁慶というか、文章弁慶というか……小説やエッセイでは強いことも書けるのだけど、対面で相手に強く出られないタイプである。頼まれると断りづらくて、ちょっと無理なスケジュールでも受けてしまう。そもそもスケジューリングが致命的に苦手なので「頑張ればできるかな」とホイホイ仕事を受けてくるが、大抵の場合、頑張ってもできない。しかも、嫌な仕事なら断るインセンティブも働くのだが、小説執筆はこの世の活動の中でもトップレベルに好きなので、「やりたい」「書きたい」という気持ちが先だって、やや無理のある依頼も受けてしまう。

デビューが決まった直後に中山七里さんにお会いして、「最初の3年は死ぬ気でやれ」とアドバイス（?）をいただいていた。「3年やったら楽になりますかね?」と尋ねたら、「楽にならないけど、死ぬ気でやっている状態に慣れるから」とのこと。なるほどと思って最初の3年は仕事を断らずにたくさん書こうと決めた。

ちなみに、量産作家になるためには決定的な必要条件がある。それは体力があることだ。体力がないと量産はまず無理だ（と少なくとも私は感じている）。小説は理性と感性の両方を使って書くが、それは結局のところ、頭脳労働だ。脳は身体の一部なので、身体のコンディションが悪いとうまく働かない。私は運動音痴で（学生時代のスポーツテストでは学年でビリだった）、筋力も持久力もない。だが不思議と身体は丈夫で、体力はある。誰かと一緒に旅行していて、同行者より先にバテたことがない。体力は一番の才能であり、かなり助けられたと感じている。

こういった様々な理由・要素が重なって、いつのまにか小説を量産している。だが実は、この2年半で執筆スピードは徐々に落ちている。作品数を重ねるごとに自分で自分に求めるクオリティが上がってきて、今までの執筆スケジュールだと書きたいクオリティに到達できないという実感があるからだ。今後はむしろ「ゆっくり書く」ということを意識してやろうと思っている。

その一方で、これまで以上にやっていきたいのは、ジャンル横断的に何でも読み、何でも書くということだ。ミステリー小説でデビューしたものの、リーガル小説、お仕事小説を書くこともあるし、SF小説、恋愛小説も書いている。依頼があったので官能小説を書いたこともある。さらに最近はライトノベルも書いている。

マンガの創作講座に通ってネームの切り方を学んだり、純文学とライトノベルを交互に読んだりもしている。これは隣接分野で反復横跳びをすることによって、体幹と柔軟性を同時に鍛えるようなイメージだ。

色んなジャンルに触れると分かるのだが、どのジャンルにも特有の「お約束」がある。ジャンル的お約束こそがファンに愛される理由であり、読者層を狭める原因でもある。ミステリー、SF、ラノベ、純文学では「良いとされている文章」や「良いとされている構成」が全然違う。各ジャンルの中でもハードコアなジャンル小説と広義のジャンル小説で許容度や要求度が変わる。さらに大きく捉えると、小説とドラマ、アニメ、マンガにもお約束があって、「良いとされている設定」や「良いとされている人物造形」が異なる。

「あるジャンルで良いとされていること」を学び、真似するのが、まずは小説上達の近道だろう。他方で、一つのジャンルに閉じこもっていると、「そのジャンルで良いとされていること」が創作の唯一解であるかのような錯覚を抱く可能性がある。そうしてジャンルのお約束を忠実になぞる「ジャンル内模倣」に終始するようになると、コアファンは喜ぶだろうが、読者層は確実に狭まっていく。それが恐ろしいので、自分の主戦場である一般文芸以外の小説にも触れるし、小説以外の創作物にも触れる。消費するだけでなく生産してみるとより理解が深まるので、自分でつくれるものはつくってみる。

出版業界は必要以上に新自由主義的なところがあり、ヒット作を出せばそのテイストを踏襲するような依頼が相次ぎ、「売れる作家が売れているうちに売れる原稿をとってきて出版しよう」という安直な発想が見え隠れすることがある。読者さんも意外と「いつもの味」を求める傾向が強い。「いつもの味の延長線上で、何かワッと驚くすごいものを出してほしい」というのが正直な要望だと思う。そういったニーズにはもちろん応えたいが、そのためには小説を深く理解する必要があり、小説を理解するためには小説の中でも色々なジャンル、そして小説外のものにも触れる必要がある。

こういった考えがあるので、様々なジャンルに手を出している。腰を据えて一つのことをしなさいとお叱りを受けることもあるのだが、それはもう少し小説のことが分かってからのお楽しみにとっておこうと思う。といっても、「小説が分かった！」と言える日が果たしてくるのだろうか。全く想像がつかない。それが等身大の私の「現在地」である。

今振り返ってみると、「特定のジャンルルールに基づいた指南」や「業界で『成功』とされているルートへの誘導」が、デビュー以来、地味に、私のストレスになっていたように思う。小説は本来自由であって、何をしてもいいはずだ。だが、仕事として小説を書いていると、特定の目的に沿って型をはめられることがある。売れるにはこうしたほうがいい、文学賞レースにのるにはこうしたほうがいい、本屋大賞を狙うならこう、ミステリーランキングを狙うなら、ドラマ化を狙うなら、アニメ化を狙うなら……と、様々な方向性がある。人によって言うことも違うし、デビュー直後から数年間、私は大いに混乱した。迷走ここに極まれり……。最終的には、納得できる考えに至ったのだが、結論は最後のエッセイにて。

小説家、マンガを学ぶ（前編）

先日、ゲンロンスクールが主催する「合同授業　大森望ＳＦ創作講座×ひらめき☆マンガ教室」に参加した。

デビュー後1年目に、大森望さんが主任講師をつとめるＳＦ創作講座を聴講していた。もともとＳＦが好きで、いつかＳＦを書きたいという気持ちがあったためだ。そして今年、「ひらめき☆マンガ教室」というマンガ創作の講座を聴講している。先日の講座はその二つが合同で授業をするので、両方を見ている私にとって大変学びの多い回だった。

そもそも小説家なのに、どうしてマンガを学んでいるの？　と思われるかもしれない。マンガを描くつもりなのか、あるいはマンガ原作に手を出すのかと訊かれることもある。だが、そんなつもりは毛頭ない。マンガを学ぶ理由は単純で、小説の技術向上のためだ。

海外文学、一般文芸を中心に、純文学も少し読んで……というのが、私の読書遍歴だ。人間は最初に触れたものを「そのもののカタチ」として認識してしまう。だから私の小説観は自然と一般文芸が中心になってしまう。だが盲目的に業界のルールを学び、過剰適応していては作品がどんどん内向きに、小さくなっていく。自らの小説観に揺さぶりをかけるためにライトノベル小説を書き始めた。実際にやってみて分かったのだが、ライトノベルのキャラクター造形は一般文芸と考え方が全然違う。これには大変な衝撃を受けたし、面白く感じた。考えていくうちに、ライトノベルはむしろマンガに近いと気づく。それならばマンガを学ぶ必要があると考えて、マンガ教室に入った。

そういえば以前友人から、「マンガなら読むんだけど、小説は読まないんだよな」と言われたことがある。先日の合同授業でとったアンケートでは、マンガを読まない小説書きはほとんどいないのに対して、小説を読まないマンガ書きは相当数いた。小説を書く人は自作をコミカライズしてほしいと願う傾向があるが、マンガを描く人は自作をノベライズしてほしいとは思っていないだろう。そもそも小説という媒体にあまり興味を持っていない印象だ。

文芸業界では「出版不況」と言われ続けているのに、マンガは売れている。マンガを原作としたアニメも好調だ。

アメリカやイギリスに住んでいたとき、現地の書店には日本の小説はほとんど置かれていなかった（村上春樹さんや川上未映子さんの作品があるくらいだ）。他方で、コミックスの翻訳は大量にあったし、アニメグッズも売られていた。

つまり商業的なインパクトだけを見ると、小説はマンガに全く太刀打ちできていない現状がある。商業で小説を書く身としては、まずはその現実を直視しなくてはならないと思う。

ここで「ちょっと待て！」と異議が出るかもしれない。「ライトノベルの棚に行ってみろ。帯に『シリーズ累計1000万部突破！』と書いてあるじゃないか。売れていないのは一般文芸だけで、ライトノベルは売れているんだ」と。ちょっと待ってほしいのはこちらのほうである。ライトノベルの発行部数表記は、コミカライズの発行部数を合算してある。

単巻で比べた場合、ライトノベルは一般文芸より商業規模がずっと小さい。1冊で100万部を超える発行部数を誇る作品は、ライトノベルには数えるほどしかない。注意してほしいのだが、これはライトノベルが一般文芸に劣るという意味では決してない。ライトノベルは読者層が細分化され、限定されているため、媒体の特性上、万人受けが難しい（ベストセラーになりにくい）というだけだ。

「あれ？」と思った人がいるかもしれない。万人受けが難しいライトノベルなのに、コミカライズを足すとかなりの発行部数になる。小説の形態では売れにくいのに、マンガになると広く届く。ここではむしろ、小説という形式の商業的な敗北がより鮮明に見て取れるのではないだろうか（なお念のため付言するが、媒体の市場規模を比較しているのであって、原作小説とコミカライズ版の作品内容やクオリティを比較しているわけではない）。
「マンガはどうして小説より売れるのか」「どういう小説であればマンガより売れるのか」「売上は脇において、両者の作品媒体としての違いはどこにあるのか」「小説はどのようなものを表現するのに向いているのか」など。マンガを学んで小説と比較することで、小説をより深く的確に理解できるのではないか。

実際、気づきはたくさんあった。まず何より声を大にして言いたいことがある。「マンガは売れるというけれど、売れるマンガはごく一部」ということだ。そんな当たり前のことを、と思うかもしれない。けれども小説家の中には「マンガは売れる」「ライトノベルは売れる」「小説（だけ）は売れない」という考えをさしたる根拠もなく抱いている者がそれなりにいるように思われる。「だって私たち、高尚なこと、深いことを書いてしまっているから、大衆に受けとめてもらえないんだよな」という心の声が聞こえてきそうな現状認識だ。

一般的な消費者の想像を絶するほど、無数のマンガ作品があり、その中で売れる作品はごく一部だ。その構造自体は、小説と何ら変わらない。マンガを描いている人に「マンガは売れていいなあ」と言うのは、小説家に対して「『ハリー・ポッター』が売れている。小説は売れていいなあ」と言うようなものだ。

とはいえ、作品が売れたときの爆発力、拡散力は、小説とマンガでは大きな違いがある。マンガのほうが「売れたときにデカい（ことが多い）」というのは、間違いないと思う。

どうしてこのような違いが生じるのだろう。長くなったので、次回に続く！

「マンガを描く気はない」と明言しているにもかかわらず、その1年後の今現在、私はマンガを描いている。人が描いているのを見ていたら、うずうずして、私も描きたくなったのだ。そろそろ読者の皆さんも分かってきたかと思うが、私の考えは変わりやすい。周りを振り回して、申し訳ない限りだ。

小説家、マンガを学ぶ（後編）

前回、マンガ教室に通い始めた経緯を語った。

売れるマンガも売れる小説も一握りなのだが、作品が売れたときの爆発力、拡散力はマンガのほうが大きい（ことが多い）。それはどうしてなのか。

結論は非常に単純で、「マンガのほうが分かりやすい」からだと思う。分かりやすいから幅広い層に届く。読める人、理解できる人が多いのだ。

マンガは小説と比べると、分かりやすくつくりやすい媒体であり、それゆえにマンガ業界自体が「分かりやすさ」により大きな価値を置いている。「分かりやすさ」がマンガの基本要素として、出版にあたっての絶対条件になっている（と言っても過言ではないと思う）。

マンガ界からは「文学的なマンガもたくさんある。そういうマンガは必ずしも分かりやすくない（分かりやすさより優先される価値がある）」と突っ込みが入るかもしれない。もちろん、「分かりにくいマンガ」もあると思うが、「分かりにくい小説」と比べると、ずっと分かりやすい。「分かりにくい小説の分かりにくさ」は一般の人の想像以上に、本当に分かりにくい。

例えば読書に慣れていない人がいきなり大江健三郎の文章を読んだら面食らうだろう。毎日本を読んでいる私でも、「ようし」と身構えて読まないと理解できないことがある。かといって大江健三郎の小説が悪いわけではない。小説においては「分かりやすさ」がそれほど重視されない（他の要素に力点がおかれることもある）ということだ。

小説を読む行為は登山に似ていると思う。

簡単に登れる山もあれば、トレーニングしないと登頂が難しい山もある。難易度の高い山に挑戦するのは大変だが、その山に登らないと見えない景色がある。幼い頃から本を読む習慣がある人は高山で育った民のようなもので、息を吸うように毎日山に登る。だがこれまで山に登ったことがない人は、名山を勧められても急には登れない。ちなみに、日本一（そして世界一）登山者が多いのは高尾山らしい。歴史があり景色が綺麗なのももちろんだが、都心からのアクセスが良く、登頂のために特別な準備が要らないことが人気の一要因だろう。

マンガはこの点、特別な装備なしに気軽に出かけられる公園のようなものだ。疲れたらベンチで休めるし、自動販売機もある。ユーザーのための「人工物」が充実しているとでもいおうか。読者をもてなすための表現の選択肢が実に多彩なのだ。

コマ割りを自由にしていいし、吹き出しの大きさや太さも選べる。文字の大きさやフォントも変えられる。これは究極的には、コマ割りの線や吹き出し、文字も「絵」の一部だからだろう。一枚の絵、あるいは物語の一場面としてすべてを最適なものに設定できる。

例えば、強調したい場面があればとりあえずコマを大きくする。読者は大コマを読み飛ばさないし、大コマ内の台詞も（多分）読んでくれる。

だが小説だとこういうことができない。基本的には、地の文と会話文の二つしかない。文字の大きさやフォント、配置を変えることはできない。改行もあまりできない。冷静に考えると、非常に抽象的で単一的な表現手法である。この表現的制約の中で、読者にストレスをかけないつくりにするのはとても難しい。一応、色々と工夫はしている。重要な情報は会話文の中に入れたり、場面転換時に改行したり。ライトノベルの世界では、より大胆に改行したり記号を多用したりして、直感的な読みやすさを追求する傾向にある。だがいずれにしても、マンガでできることと比べると微々たるものだ。

小説は窮屈な媒体だなあと思う一方で、逆に「小説のほうがのびのびしていて自由だな」と感じることもある。それは尺の感覚だ。

マンガは16ページなり24ページなり、厳格な枚数制限の中で、無駄のないつくりを目指さなくてはならない。意味のないコマを一つも入れられない。対する小説は、もう少しゆったりしている。原稿用紙50枚の依頼に53枚くらい書いても許される。長編の場合は３００ページの予定が４００ページになってもよかったりする。物語の本筋と関係のない文章を入れたって怒られない（むしろ、ディテールの厚みとして評価されることもある）。

街の中に公園をつくるなら1㎡たりとも無駄にできないだろうが、山であれば「この空きスペースは無駄だ」と騒ぐ人はいないわけだ。

表現手法に制約があるが尺は自由な小説と、表現手法は多彩だが尺の制約がより厳しいマンガ。一長一短、どちらにも制約がある。とはいえ制約は必ずしも「悪」ではない。制約があることで知恵をしぼらざるをえず、より良いものが生まれるからだ。

小説の場合、言葉、文章だけで表現しなくてはならないから、文章表現の技巧が研ぎ澄まされる。他方マンガでは尺の制限があるため、プロット（物語の構造）をかなりシビアに考えることになり、企画の段階でも記号的でキャッチーな設定が必要となる。

私は小説で育った人間なので、どうしても足腰が小説向けにできている。でっかい山を走り回るのが好きで、自分がつくるのも公園ではなく山になってしまう。だけど誰も来ない山は寂しい。人々が集う公園を見に行って、その人気の秘訣、創意工夫を盗んで山に持ち帰ろうと思っている。

マンガを描いている人の話を聞くにつけ、「分かりやすく伝えること」へのこだわりの強さや工夫に驚かされる。小説もマンガも同じく大衆芸術だと思うのだが、どうしてこんな差が生まれるのか、やはり不思議だ。探求の道は続く……。

熱血！　ライトノベル部

皆さんは、本気の部活を経験したことがあるだろうか。学校卒業後にプロになるような人たちの部活はむしろ「本業」なので、ここでは除外する。学校の勉強という「本業」がありながら、「部活」にも真剣に取り組む。本業をおろそかにするわけにはいかないが、だからといって部活は遊びではない。部活は部活で全力投球だ。本業と違って強制ではないからこそ、本気で打ち込むことがむしろ重要である（本気でやらないなら、誰のための何なのか、訳が分からないことになる）。

私は一般文芸という「本業」のかたわら、「ライトノベル部」の活動をしている（というのが自分の感覚に一番近い表現だ）。

そもそもの始まりは、デビュー4カ月後、2021年5月のことだった。ストレートエッジという編集エージェントからお声がけいただいて、一緒に作品をつくろうということになった。ストレートエッジはライトノベル作品も数多く扱っており、アニメ化の経験も豊富である。

私はデビュー直後にドラマ化を経験したので、実写の映像化にはさほど興味がないのだが、アニメ化となると別である。アニメ、マンガ、ライトノベルの領域は、一般文芸の世界から見ると眩《まばゆ》いほどに勢いがあって、売れに売れている印象だった（実際はそうでもないとあとから知ることになる）。売れているジャンル、作品から学ぶべきだと常々思っている。「一般文芸の小説を書くための勉強になりそうだ」という理由で、ライトノベルを書き始めた。

キャリアの主軸は一般文芸におきながら、その仕事の障害にならない範囲でライトノベルも書いてみようと思ったのである。学校の勉強が一般文芸の仕事だとしたら、ライトノベル執筆は「部活」のような位置付けだ。

こうして始まった私設「ライトノベル部」、もちろん本気でやるつもりだったのだが、やってみると思った以上に熱血で、大変なことになった。もちろん、誰に強制されたわけでもない。やっているうちに、自分でどんどんハードルを上げてしまって、のめり込んでいった。

直近の2年間で書いたライトノベル原稿を改めて数えてみたら、原稿用紙１８００枚を超えていた。これは単行本4～5冊分に相当する。一般の読者からすると分かりづらいと思うが、プロの作家が報酬を期待せずに（趣味として、部活的に）書くにしては、異常な量である。

一般的に言って、専業のライトノベル作家でも刊行ペースは3カ月に1冊、1年に4冊程度だ。一般文芸の作家だと、1年に2冊か3冊出せばよいほうである。私はこの2年間、一般文芸の仕事（本業）をしながら、同時に専業ライトノベル作家の半分くらいのペースの執筆を「部活」と称してこなしていたことになる。各出版社から、「業務外でそんなに書いているなら、うちの原稿をやってくださいよ」という声が聞こえてきそうである（本当にすみません……）。

しかも1800枚といっても、同じ物語を続けて書いたのではない。設定もキャラクターも異なる物語を三つ書き、三つとも没にして、四つ目の物語を完成させたのだ。四つ目の物語も、途中でメインキャラクターを変える改稿を挟んで、総計4度改稿している。これも読者さんからすると分かりづらいと思うが、書き手としてはかなりストイックな動きである。

一体何が私をそれほどまでに駆り立てるのか。自分でもよく分からないのだが、おそらく「知らないことが多い」というのが面白くて仕方ないのだと思う。

同じ「小説」という形態をとっているから分かりづらいのだが、一般文芸とライトノベルは全く別のものだと思ったほうがいい。「文字、文章を使って表現している」という点が共通しているだけで、そのほかは全部違う、と考えてもいい。火薬を使って花火をつくるか鉄砲をつくるか、くらいの違いがある。花火職人が花火をつくるときの「常識」のまま、鉄砲をつくってもうまくいくわけがない。一般文芸のノリでライトノベルを書くと、花火ほど綺麗でもないし、鉄砲ほどの威力もない、中途半端で何一つ良いところのない「誰得」原稿ができあがる（というのは、私自身の失敗から学んだことである）。

ライトノベルは「文字で書くマンガ」だと思ったほうがいい。私自身、そう思ったからこそ、ライトノベルを上手に書けるようになるには、マンガの技法を学ぶ必要があると考え、マンガ教室に通いだした（さながら、部活のために習い事を増やすようなものだ）。

一般文芸とライトノベルで、具体的な違いをあげるとすると、以下の三つがあると思う。

第一にして、最大の違いは、読者が本を読む理由である。

一般文芸の読者は多少なりとも「見たことないものを見たい」「新しい体験をしたい」と思っている。「読了後、世界が少しだけ変わって見える」という読後感を期待する人も多い。ただし、新しいもの、見たことのないものに触れるのは疲れる。多少のストレスは覚悟のうえで、それを超えるプラスの体験がほしいわけである。

他方、ライトノベル読者の欲求は「気持ち良くなりたい」という一点である。ページをめくるたびに、主人公あるいは読者が「気持ち良くなる」展開がないと、途中で本を閉じてしまう。これはマンガ読者も同様である。

ライトノベルやマンガの読者が幼いという意味ではない。人間は新しいものに触れたい気分のときもあれば、単純に快楽を味わいたいときもある。どちらも等しく娯楽である。

ちなみに、一般文芸でも、読者が気持ち良くなる要素は必須だ。ライトノベルやマンガでも、読者は必ず、何かしら新しい体験をしている。つまり、両方とも同じ要素を含んでいるが、用途に応じて力点のおき方が異なるのだ。

第二の違いとして、キャラクター造形がある。一般文芸では「リアリティのある人間らしいキャラクター」が高い評価を得やすい。ところが、実際の人間は複雑にできているので、リアリティを追求しすぎると、雑多なディテールを含むことになり、人物の輪郭はむしろぼやけてくる。ライトノベルやマンガでは、人間を記号的に捉えて、必要最小限の要素でくっきりとしたキャラクターをつくる。人間らしい矛盾や多面性は捨象したほうがいい（少なくとも一場面で一度に描かないほうがいい）。

キャラクターの考え方に関する違いには、ライトノベルを書き始めた当初、かなり面食らったし、抵抗感を覚えた。私は現実に存在しうる人間しか書きたくないし、人間を記号的に捉えることに反対する立場だからだ。

だが、最終的には納得した。人間は複雑な生き物だが、複雑さをそのまま提示すると呑み込めない人が出てくる。そういう人たちを読者から振り落としたくないなら、キャラクターは単純化、記号化するしかない。もっとも、単純だから新しくないかというと、そうではない。単純で、見たことのある記号を組み合わせることで、これまで見たことのない新しいものをつくる必要がある。複雑なものを複雑なまま提示するよりも、書き手としては困難で挑戦的な作業である。

そして第三の違いは、文章表現の評価軸である。一般文芸では、読みやすさに加えて、単純に文章がうまいこと、表現が洗練されていることなど、いわゆる「文章力」が重視される。最悪、ストーリーがつまらなくても、文章が抜群にうまければ、読者はついてくる。

他方、ライトノベルの文章表現でもっとも大事なのは「演出力」である。見栄の切り方、ハッタリ、外連味《けれんみ》といってもいい。盛り上がる場面で盛り上がり、泣ける場面で泣ければそれでいい。文章力は手段であって、それ自体が評価されることはない（し、その必要もない）。

こういった違いは、何度も原稿を書き、フィードバックをもらい、書き直しながら手探りで発見した。

執筆記録を振り返ると、２０２１年5月に初めて打合せをして、その後2～3回の打合せを経て、翌２０２２年5月に企画書を提出している。最初に考えた物語は、今振り返ると、充分に記号化されていない複雑な設定の物語だった。

そこで企画を練り直して、同年9月に新しい企画を立てて、12月に原稿を渡した。大きい物語の冒頭、原稿用紙60枚ほどである。打合せをして改稿方針を定めたものの、私は途中で、「改稿というより、別の話を書き直したほうがいい」と思った。

翌2023年1月に新しい企画を出して、4月に原稿を渡した。長編の3分の1ほど、原稿用紙165枚ほどである。打合せをして改稿方針を定めたのだが、「いや、それなら、改稿というより別の話を書き直したほうがいい」と再び決意。全く新しい原稿を165枚ほど書いて、8月に提出する。2023年8月までで、提出した原稿は400枚程度だが、手元では1000枚くらい書いている。そろそろまともなライトノベルを書けるようになりたい頃合いだ。

ところが、である。今年8月の原稿に関する打合せを経て、「あれ、この話はもっと面白くなるぞ」と一つのかたちが見えた。そこで、大まかな設定は維持したまま、原稿は捨てて150枚書き直した。そこからさらに主人公を変えて、350枚の長編を書き、再び改稿して415枚ほどの原稿ができあがった。ここで終わると思いきや、さらに細部を整えて演出を加える改稿を行っている。

編集者に修正しろと言われてやっているわけではなく、毎度自ら「書き直す」と決意している。私は書くのが好きだから楽しいばかりで別につらくないけれど、並走した編集者は大変だったと思う。

「本業は別にあって、たかだか部活なのに、そこまでやるの？」という戸惑いの声が聞こえてきそうだ。私も途中から、どうして自分がこれほど熱中しているのか分からなかった。もはや意地だったと思う。だがそのおかげで、今はかなり視界が開けて、結果的に一般文芸の理解も深まった。

「部活」で書いた小説も、どこかでお披露目できるとよいのだが、果たして……。熱血ライトノベル部の行く末は、私自身知らないのだった。

ライトノベル原稿、出版できそうです。かなり面白いシリーズになりそうなので、お楽しみに！

歌舞伎リハビリ

ある日、目が覚めると、身体に異変があった。やる気がみじんも湧いてこないのだ。1ミリも頑張れない。これはおかしいぞ、と思った。

嘘のような本当の話だが、デビューして3年間、私は布団に入って寝る前に毎晩「明日はもっと小説がうまくなりますように」とお祈りしていた。朝は「よう し、今日も小説を書くぞ！」と飛び起きる。少年漫画の主人公みたい（しかも修行中のエピソードのよう）だが、実際にそんな感じだった。それなのに今は力が湧かない。

この話をすると、多くの人が「頑張りすぎたのでは」「働きすぎでは」「燃え尽き症候群では」と反応する。だが自分としてはどうも違う気がしてならない。仕事をしたくないだけで、依頼もなく書いている趣味の小説は捗《はかど》っているからだ。私はやはり小説が好きだし、小説に限らず物語や表現物、創作物に触れるのが好きだ。

ある編集者から、「作家にはサラリーマンタイプとシャーマンタイプがいる」という話を聞いたことがある。サラリーマンタイプは職人タイプ、芸人タイプと言ってもいい。依頼に応じて淡々と書いていける。量産できることが多い。他方でシャーマンタイプは、何かが降りてこないと書けない。編集者の要望に器用に応えることができないし、〆切を守るのも難しく、遅筆であることが多い。芸術家タイプともいえる。

私はこれまで、自分がサラリーマン、職人、芸人的な作家だと思っていた。他の作家より筆が速いし、編集者の要望に応える器用さをある程度持っているからだ。〆切を破ってしまうことが多いが、それはひとえに自分のだらしなさとスケジュール管理能力のなさが原因だと考えていた。

ところが最近になって急に、「そうか、私は芸術家だったのだ」と気づいた(と言うと、ナルシストっぽく響いて恥ずかしいが)。ケン・リュウの「紙の動物園」という短編がある。主人公の母が折り紙に息を吹きつけると、折り紙に命が宿って、紙でできた動物たちが動き始める……という話だ。創作物は「紙の動物」のようなものだ。息を吹きかけないと、命が宿らない。命を宿すための魔法は人の心にある。心の深い部分からエネルギーを引っ張ってきているから、文字の連なりが小説として立ち上がる。

心からエネルギーを引っ張ってきて、何かをつくれば、どんな人でもアーティストだ。子供のためにつくる夕飯も、同僚にかける何気ない言葉も、すべては創作物だ。心とつながった暮らしを送れば、生活そのものが芸術であり、人はみな芸術家なのだと思う。

心とつながった作品をつくることが何よりも大事で、できたものの上手下手はたいして重要ではない。そう気づいたからこそ、「小説がうまくなりたい」という熱病のような気持ちが消え去ったのだと思う。

もちろん商業出版で成功するためには技術力の高さは不可欠だ。文学賞や各種ランキング、書評なども基本的に技術力に着目して評価される。技術を高めていく職人タイプの作家さんも素晴らしいと思う。だが私は、そのタイプではないのだと、3年やってみて気づいた。書いているうちにうまくなるし、書きたいものを書くための必要な技術があればそれでいい。商業的な側面は出版社が考えるべきことで、私が気にする必要はない。

目の前が開けたような心持ちであると同時に、すでに受けている仕事についても「これは私が書かなくてもいいな」という気持ちになった。だからやる気が出ないのだと思う。

結局のところ、心のままに暮らせばそれ自体が芸術なのだから、小説を書く必要すらない。小さい頃から小説が好きだし、小説という表現形態には一番しっくりきているが、だからといって「小説家」という在り方にこだわる必要もない。もっと広く、アーティストとして自らを捉え直し、のんびり暮らせばいいのだ。それで私は遊ぶことにした。付き合いのある編集者たちにも「仕事をする気が一切起きない。遊ぶことにした」と宣言してまわり、出かけてばかりいる。

そんななかで最近出会ったのが歌舞伎である。歌舞伎ファンの知人に連れられて、歌舞伎座の初春大歌舞伎に行き、衝撃を受けた。数百年繰り返し演じられ練り上げられたドエンタメだったからだ。役者のファンになったり、豪華な衣装に見入ったり、様々な楽しみ方ができると思うが、一つ一つの演出に胸を打たれた。例えば『寿曽我対面』という演目は、キャラクター配置が完璧で、登場順、立ち位置、衣装、モブの台詞、敵役の台詞、すべてが計算し尽くされている。極めてよくできた漫画、あるいはライトノベルのようだった。

友人と観たのは夜の部だった。居ても立ってもいられず、数日後、一人で昼の部を観に行った。これも素晴らしかった。男と女の化かし合いを描いた喜劇『江戸みやげ狐狸狐狸ばなし』は、ロンドンで観たオペラ『フィガロの結婚』みたいだった。すぐに翌月の公演のチケットもとった。夫を引き連れて観に行くと、歌舞伎座の地下でばったり、作家の蝉谷《せみたに》めぐ実さんと行き会った。蝉谷さんは『化け者心中』をはじめとして、歌舞伎に材をとった小説を多数手がけられている。興奮のまま、翌月の公演に一緒に行く約束をとりつけた。広がっていく歌舞伎の輪に、胸の高鳴りが抑えられない。

もともと週に5冊くらい本を読んでいたが、最近はそれに加えて週に3本くらい映画を観るようになった。アニメも観ているし、歌舞伎やオペラも追いかけている。高校生の頃から落語が好きなので、たまに寄席にも足を運ぶ。毎日遊んでるから、毎日楽しい。小説を書くことも私にとっては遊びの一環だ。最近は、死ぬまで遊んで暮らしたいなと、本気で思っている。

その後、歌舞伎ファンの知人や蝉谷さんも交えて、みんなで再び歌舞伎を観に行った。雨の降る寒い日だったが、終演後は美味しいシチューを食べながら感想を語り合い、とても楽しかった。

夫によるあとがき

こんにちは、帆立の夫です。あとがきを書くことになりました。帆立と出会ってから今までの約10年の道のりを思い出しつつ、僕から見た帆立の素顔をお伝えしたいと思います。

出会いは2人が22歳、大学院1年目のときです。課外活動で法律雑誌の編集委員をすることになり、そこで一緒になりました。打合せ場所の空き教室に行くと帆立が一人ですでに座っていて、こちらをあまり気に留めずに携帯をいじりながら蒸しパンをモグモグ食べていました。第一印象は、可愛らしい人だなということに加え、なんだか自分の世界がありそうというか、マイペースそうだなあという感じでした。ちなみに、帆立はこのときのことを覚えていないそうです。

その後、2年くらい一緒に編集委員をしましたが、帆立はいつもキレのある発言で議論を引っ張っていて、とても賢い人だなあと思っていました。また、話してみると、知性だけではなく、温かいハートを持っているいい人だなとも思いました。ただ、帆立は校正など細かい事務作業は苦手でした。一方、僕はキレはないですが事務作業は得意でしたので、代わりにやってあげたりしていました。
その後、同じ職場で弁護士として働くことになりました。同じ案件を担当して距離が近づき、就職して数ヶ月ぐらいで付き合い始めました。帆立は、持ち前のセンスのよさ・賢さ・社会性で、1年目と思えないような活躍をしていました。しかし、弁護士特有の細かい事務作業などは合わなかったようです。苦手なことを深夜までこなす必要がありましたから、とても辛そうでした。小説教室にも籍を置いていたようですが、ほとんど通う時間もなく、小説は趣味の一つ程度なのかと思っていました。

1年ちょっと働いた頃、2人で東京駅近くの眺めの良いガラガラのレストランで遅い夜ご飯を食べていたとき、「私、本当は小説家になりたい。小さい頃からの夢だった。頑張ればなれると思うんだよね」と聞かされました。センスがよく、賢く、面白い人だというのは私もよく知っていましたので、小説家のようなクリエイティブな仕事は向いているだろうと思いました。また、子どものように顔に出やすいタイプなので、小説への思いが本気だというのもよくわかりました。なので、僕はすぐ「いいね、帆立なら小説家になれるよ、応援するよ」と言いました。そうしたら帆立は激務の弁護士事務所を辞め、自分の時間がとれる仕事に転職して、本格的に小説に取り組み始めました。

帆立は小説教室に本格的に通い始め、空いた時間はほとんど執筆に充てて、熱心に取り組んでいました。書いたものを僕に最初に読ませてくれたので、僕の方で誤字脱字を直してあげていました。持ち前の素直さで師匠や先輩のアドバイスをよく聞いていたようで、メキメキと上達していっているのが素人目にもわかりました。帆立の物語は独特のユーモアセンスにあふれており、普段小説を読まない僕も、読みだすと笑いが止まりませんでした。僕は素人なので文芸論・技術論はわかりませんが、これだけ面白いものが書けるのであれば遠くないうちにデビューできるだろうと思っていました。「新川帆立」というペンネームも、東京都中央区新川に住んでいたこの頃に2人で考えたものです。結婚したのもこの頃です。そうこうしているうちに、思ったより早く、書き始めて2年くらいで『元彼の遺言状』でデビューが決まりました。新川帆立の才能が埋もれてしまったら社会・時代の損失だと結構本気で思っていましたので、無事に彼女の才能が世に送り出されて本当に良かったなあと思いました。

デビュー直後の怒濤のような取材攻勢は落ち着きましたが、ありがたいことに、引き続きたくさんの執筆依頼をいただいているようで、帆立は日々締め切りに追われています。小説に本気で取り組んでいて、というか小説のことしか考えていなくて、小説に対して妥協しているのを見たことがありません。アメリカ・イギリスと2年間海外暮らしをしている間も、たまの旅行以外は執筆に没頭していました。傍からみていても天職なのだろうなと思います。他方で、生活リズムは乱れがちですし、スケジュール管理も苦手で仕事を受けすぎてしまうようです。「自分の中身は8歳から変わっていない」と帆立はよく言います。最近は、僕が秘書代わりに新しい仕事を受けるかどうかの相談に乗って、スケジュール管理を手伝ってあげています。ときどき泣き言をいうので、散歩に連れて行って、話を聞いてあげます。頭を抱えているときは、「君は天才だ」と言い聞かせます。そうこうしているうちに、また何事もなかったように帆立は小説を書き始めます。

20世紀最大の画家と呼ばれるパブロ・ピカソは「子どもは誰でも芸術家だ。問題は大人になっても芸術家でいられるかどうかだ」と述べたといいます。帆立の伸びやかな才能や、小説への並々ならぬ思い・努力は、8歳から変わらない帆立の柔らかく繊細な心に起因するのだろうと思います。ルーティーンや事務処理が苦手なのも、その裏返しなのだろうと思います。今後も、帆立がのびのびと執筆して面白い物語を世に届けることができるように、夫として微力ながらサポートしていきたいなと思っています。読者の皆様も、帆立を温かく応援していただけると嬉しいです。

本書は二〇二二年十月から二〇二四年四月まで幻冬舎ｐｌｕｓで連載したものに、加筆・修正し、副題をつけたものです。

幻冬舎文庫

●好評既刊
帆立の詫び状 てんやわんや編
新川帆立

デビュー作『元彼の遺言状』が大ヒットし、依頼が殺到した新人作家はアメリカに逃亡。ディズニーワールドで歓声をあげ、シュラスコに舌鼓を打ち、ナイアガラの滝で日本のマスカラの強度を再確認。

●好評既刊
ダ・ヴィンチの遺骨 コンサバターV
一色さゆり

レオナルド・ダ・ヴィンチの予言的作品《大洪水》がルーヴルで見つかった。果たして真作か贋作か。謎の鍵は傑作《洗礼者聖ヨハネ》の「指」と王家の古城に隠された「彼の遺骨」。シリーズ最高傑作！

●好評既刊
魂の退社 会社を辞めるということ。
稲垣えみ子

会社を辞めて食べていけるのか？　お金がなくても幸せな人生とは？「50歳、夫なし、子なし、無職」になるまでの悪戦苦闘を明るくリアルに綴る。すべての働く人に贈る、勇気と希望のエッセイ。

●好評既刊
往復書簡 限界から始まる
上野千鶴子
鈴木涼美

「上野さんはなぜ、男に絶望せずにいられるのですか？」。女の新しい道を作ったフェミニストと、その道で女の自由を満喫した作家が互いに問う女が生きる現実。人生に新たな光をもたらす書簡集。

●好評既刊
全員がサラダバーに行ってる時に全部のカバン見てる役割
岡本雄矢

どんな出来事も、詠むと「不幸短歌」になってしまうという著者が、誰にでも日々起こりうる小さな不幸を、ほろ苦さとおかしみの漂う短歌とエッセイで綴る。とびきりの「トホホ」を堪能あれ！

幻冬舎文庫

●好評既刊
なんちゃってホットサンド
小川　糸

毎朝愛犬のゆりねとお散歩をして、家では梅干しを漬けたり、石鹼を作ったり。土鍋の修復も兼ねてお粥を炊いて、床を重曹で磨く。夕方には銭湯へ。今日という一日を丁寧に楽しく生きるのだ。

●好評既刊
あなたと食べたフィナンシェ
加藤千恵

恋、仕事、親との別れ——人生の忘れられない場面には、必ず食べものの記憶があった。読めば切なく心が抱きしめられる珠玉のショートストーリー＋短歌集。

●好評既刊
さよならごはんを明日も君と
汐見夏衛

心も身体も限界寸前のお客様が辿り着く夜食専門店。悩みを打ち明けられた店主の朝日さんは、その人だけの特別なお夜食を完成させる。忘れられない優しさと美味しさを込めた成長物語。

●好評既刊
ダチョウはアホだが役に立つ
塚本康浩

家族が入れ替わっても気づかないアホさだが、卵にある抗体は感染症予防やがん治療、メタンガス削減に役立つ。ダチョウの面白すぎる生態から抗体の最新研究までわかる、爆笑科学エッセイ！

●好評既刊
パリのキッチンで四角いバゲットを焼きながら
中島たい子

毛玉のついたセーターでもおしゃれで、週に一度の掃除でも居心地のいい部屋、手間をかけないのに美味しい料理……。パリのキッチンでフランス人の叔母と過ごして気づいたこと。

帆立《ほたて》の詫《わ》び状《じょう》

おっとっと編《へん》

新川帆立《しんかわほたて》

令和6年6月10日　初版発行

発行人――石原正康
編集人――高部真人
発行所――株式会社幻冬舎
〒151-0051東京都渋谷区千駄ヶ谷4-9-7
電話　03(5411)6222(営業)
　　　03(5411)6211(編集)
公式HP　https://www.gentosha.co.jp/
印刷・製本―中央精版印刷株式会社
装丁者――高橋雅之

幻冬舎文庫

ISBN978-4-344-43385-4　C0195　し-50-2

この本に関するご意見・ご感想は、下記アンケートフォームからお寄せください。
https://www.gentosha.co.jp/e/